Irish Destiny

Irish Destiny
Mona Parker

Die Autorin:

Schon seit ihrer Jugend ist Mona Parker begeisterte
Leserin von Fantasyromanen, bis heute nimmt das Lesen
von Büchern einen Großteil ihrer Freizeit ein. Der
Wunsch, Schriftstellerin zu werden, kam bereits in der
Grundschule auf und ist seitdem stets gewachsen. Mittlerweile interessiert sie nicht nur das Genre Fantasy.
Auch Klassiker wie Faust von Johann Wolfgang Goethe,
Liebesromane oder auch aktuelle Themen in Bücherform
finden einen Platz in ihrem großen Bücherregal.
Dem Leser das wunderbare Gefühl von einem guten
Buch zu vermitteln, das Bauchkribbeln bei Liebesszenen,
das rasende Herz bei spannenden Abschnitten und
den/die Leser/in für einen Moment die Realität vergessen zu lassen, hat sie sich als Ziel gesetzt. Zusammen mit
ihrem Mann und Hund lebt sie in einem kleinen Dorf in
Mittelhessen.

Bibliografische Information der Deutschen Nationalbibliothek: Die Deutsche Nationalbibliothek verzeichnet diese Publikation in der Deutschen Nationalbibliografie; detaillierte bibliografische Daten sind im Internet über dnb.dnb.de abrufbar.

© 2021 Parker, Mona
Herstellung und Verlag: BoD – Books on Demand, Norderstedt
Lektorat und Korrektorat: Lektorat Rau
Covergestaltung: Dennis Schneider
ISBN: 9783755726210

Diese Geschichte ist für alle glimmenden Funken, die aus den Tiefen des Wassers entkommen wollen, um wieder vollends zu leuchten.

Prolog:

Wie lange konnte ein Funke leuchten, wenn er in die Tiefen des schwarzen Ozeans gezogen wurde? Konnte er existieren, wenn er nicht für das Wasser aus Tiefe und Tod geboren wurde? Erst war er geschwommen, hatte den Wellen getrotzt, doch dann hatte er versagt. Er war erloschen und untergetaucht. Hatte keine Kraft mehr sich an die Oberfläche zu ziehen und sank immer tiefer. Wie oft hatte der Funke meines Lebens versucht, sich über Wasser zu halten? In der letzten Zeit auf jeden Fall zu oft. Immer kam er mit dem Schrecken davon. Doch diesmal? Diesmal war das Wasser tiefer und kälter als jemals zuvor. Das Leben, da oben schwamm es. Mindestens zehn Meter weiter oben, als der Funke sich in der Tiefe befand. Auch das Leuchten, das ihm immer gehört hatte, war mit dem Leben vereint und schwamm weit weg.

Ich musste es erreichen. Das Leuchten, die Oberfläche, das Leben. Ich musste überleben. Ich musste kämpfen.

Kapitel 1: Luke

Das Blut rauschte in meinen Adern. Es übertönte jedes einzelne Geräusch der Umgebung, auch wenn ich nicht sagen konnte, ob sich um mich herum viel Lärm abspielte oder Totenstille herrschte.

Ich fühlte mich wie im siebten Himmel: Meine Kraft war vollends hergestellt, meine Sinne geschärft und es kribbelte in jedem einzelnen Finger, als hätte mich ein Blitz durchfahren. Die Muskelfasern in meinen Extremitäten waren bereit zum Kampf, angespannt und im Notfall hätte ich ein Dutzend Bäume ausreißen können, um ans Ziel zu gelangen.

Nachdem ich mich noch ein paar weitere Minuten meiner vereinnahmenden Gier hingab, spürte ich, wie der letzte Splitter des quälenden Tansanits von meinem Körper fiel. Sofort legte sich in mir ein Schalter um - mein bis eben schier unstillbares Verlangen war verschwunden. Natürlich konnte ich das Blut noch immer riechen und es erreichte alle Geschmacksknospen in meinem Mund, aber ich konnte mich nun selbst davon abhalten, weiterzutrinken.

Damit kam jedoch auch etwas anderes wieder an die Oberfläche: Mein Gewissen. Es wurde vom Tansanit und der Gier in den Hintergrund meiner Gedanken gedrängt. Soweit fort, dass ich nicht mehr sagen konnte, wie lange ich schon blutsaugend an Milas verletztem Hals hing oder was zuvor genau passiert war. Nur langsam kamen die Gedanken zurück und ich versuchte, sie zu ordnen.

Du hattest versprochen mich nicht zu töten, entgegnete Mila mir verzweifelt, bevor ich mich ihrem Blut hingab und Tyler mit Willenskraft überzeugte, es ebenfalls zu tun. *Ich habe keine Wahl*, hatte ich ihr entgegnet. Aber hat man nicht immer eine Wahl?

All diese Geschehnisse sah ich nun erst vor klarem Auge. Mein manipulatives Ich, das abscheulicher nicht sein konnte und meine eigenen grausamen Worte hallten in meinen Gedanken wider. Ich konnte nicht fassen, was ich damit angerichtet hatte. Wie konnte ich das tun? Als hätte das Monster aus mir gesprochen und mich einsam und allein in meinem friedliebenden Körper zurückgelassen. Mit allen Taten und daraus folgenden Konsequenzen, die sich ergaben.

Während ich mich von Milas Hals löste, nahm ich einzelne Umgebungsgeräusche wahr. Ich hörte Tyler an Milas Hals saugen. Mein Gehör täuschte mich nicht. Er gierte immer noch nach ihrem Blut, nachdem ich mich von ihr entfernt hatte und sitzend der Tat ins Auge blickte. Anfangs konzentrierte ich mich nur auf Tyler, denn Mila wollte ich noch nicht ins Auge fassen. Es würde wehtun, da war ich mir sicher. Tylers nackter Oberkörper zeigte keinen Tansanit mehr, der in seinen zuvor tiefen Wunden gesteckt hatte. Sie waren komplett verheilt. Er schien nicht aufhören zu wollen, ihr Blut zu trinken.

Ich atmete einmal tief ein und aus. Jetzt hatte ich keine Wahl mehr. Ich wandte meinen Blick und sah Mila direkt an. Ihre Haut war kalkweiß, bis auf die Stellen, die mit dunkelrotem Blut bedeckt waren. Die Wunde am Hals, die ich hinterlassen hatte, war aufgequollen und feucht. Ihre Augen waren geschlossen, das Gesicht jedoch verkrampft, vermutlich vom Schmerz verzerrt. Ich konnte nicht erkennen, ob sich Milas Thorax noch bewegte. Es war nicht zu erahnen, wie viel Luft ihre Lunge noch beinhaltete oder wie stark ihr Herz versuchte zu kämpfen.

Oder hatte es den Kampf verloren?

„Tyler?"

Mehrmals rief ich den Namen meines Bruders, doch er rührte sich nicht. Er war Mila noch so sehr verfallen und zuckte nicht zusammen, als ich seinen Namen sagte. Bei jedem weiteren Schluck entfuhr ihm ein lustvolles Stöhnen, so sehr genoss er das Blut. Vermutlich hat es sich bei mir zuvor nicht anders angehört, aber bei ihm machten mich die Geräusche wütend.

Kurzerhand schnellte ich zu Tyler herüber, packte ihn an der Schulter und riss ihn von Mila weg. Keuchend lag er vor mir und starrte mich entsetzt an, als hätte ich ihm den Sinn des Lebens geraubt. Aber Tyler wehrte sich nicht. Vielleicht begriff er ebenfalls, was er getan hatte.

Kommentarlos ließ ich meinen Bruder wenige Meter neben Mila liegen und näherte mich ihrem verletzten Körper. Das Gefühl, das ich in Milas Nähe verspürte, ließ meine Finger erzittern, während ich versuchte, Milas Puls am Handgelenk zu ertasten.

Selbst mit Fingerspitzengefühl, ohne Zittern, hätte man den schwachen Puls nur schwer fühlen können - aber er war noch da.

Gott sei Dank.

Tyler hatte sich mittlerweile aufgerichtet und schaute auf Mila und mich herunter. Nachdem ich mich ihr widmen wollte und mich von Tyler abgewandt hatte, stöhnte er kurz schmerzerfüllt auf, was mich zu ihm herumfahren ließ.

Er hatte sich in sein eigenes Handgelenk gebissen. Mit seinen Blicken deutete er mir an, Mila das Blut geben zu wollen. Sekundenschnell bewegte Tyler sich um mich herum und hielt sein Handgelenk in die Nähe ihres Mundes.

„Stopp, Tyler!", schrie ich und schlug das Handgelenk aus der Reichweite ihres Mundes. Tyler schaute irritiert.

„Sie würde sich zum Vampir verwandeln, sie ist schon auf der Schwelle vom Leben zum Tod", murmelte ich. Mein schlechtes Gewissen überkam mich. Soweit hätten wir nie gehen dürfen.

Mein Bruder stand nun keuchend neben Mila, ratlos wie er weiter verfahren sollte. Das Blut tropfte rhythmisch von seinem Handgelenk zu Boden und bildete eine kleine Lache direkt vor Tylers Füßen.

Konnte das Übernatürliche nicht helfen, mussten wir das Problem auf die menschliche Weise lösen: Wir mussten ein Krankenhaus aufsuchen.

Ich bat Tyler geschwind ein paar T-Shirts aus Dr. Mantus Kleiderschrank zu holen, um die klaffenden Wunden an Milas Hals zu komprimieren, damit sich der Blutfluss verringerte. Lange würde ihr Körper den übermäßigen

Blutverlust nicht mehr verkraften. Außerdem mussten wir uns etwas überziehen, um im Krankenhaus nicht aufzufallen.

Tyler erschien mit zwei übergroßen Oberteilen des Doktors, die ich Mila mit einer seltenen Verbandstechnik anlegte, wie ich es bei ihr im Seminar getan hatte. Kurz blitzte die Erinnerung in meinem Gedanken auf, wie Mila vor mir stand, während ich ihr gefühlvoll den Verband um den Hals legte. Damals wusste sie noch von nichts. Von rein gar nichts. Nun schwebte Mila wirklich in Lebensgefahr und wir waren der Grund dafür.

Mit Schwung nahm ich ihren bereits unterkühlten Körper in meine Arme und näherte mich der großen dunklen Tür, die einen Spalt offenstand. Während jedes einzelnen Windstoßes, den meine Schritte verursachten, wehte mir der verführerische Duft von Milas Blut in die Nase. Auch wenn ich genug davon getrunken hatte, war es nicht einfach ihm zu widerstehen. Tyler lief hinter mir her. In meinem Windschatten schien es ihm einfacher zu fallen, sich nicht erneut auf Mila zu stürzen.

Im Auto angekommen, legte ich Mila behutsam auf die breite Rückbank und versuchte den Anschnallgurt vorsichtig um ihren Körper zu legen. Tyler nahm auf der Fahrerseite Platz und startete den Motor.

Mit viel zu hoher Geschwindigkeit fuhren wir die Strecke zum Krankenhaus, ohne viele Worte miteinander zu wechseln. Welche Worte wären für solch eine Situation passend? Zwei Vampirbrüder fuhren eine Frau ins

Krankenhaus, die kurz vor dem Tod stand. Ich musste gestehen, dass es mir unangenehm war. Wäre Tyler nicht gewesen, wäre Mila dem Tod viel eher begegnet. Vorerst hatte er mich abgehalten, bis ich ihn dann wieder dazu verführte.

Wir beide brachten ihr das Leid, das wir nun abwenden mussten. Sie musste die kurze Zeit, bis wir das Krankenhaus erreichten, noch überstehen, damit ihr Körper den Blutverlust ausgleichen konnte.

Am Parkplatz vor der Notaufnahme hielt Tyler das Auto mit quietschenden Reifen an. Derweil versuchte ich Mila aus dem Auto zu heben. Tyler blieb reglos auf seinem Platz sitzen, bis ich ihn wartend antippte.

„Ich kann nicht mitkommen. Das Personal hat mich hier schon viel zu oft erwischt - vor allem Jenna. Sie hatte bereits die letzten Male geglaubt, mich zu kennen, auch wenn ich sie abschließend immer manipuliert hatte", entgegnete mir Tyler. Während er sich rechtfertigte, färbten sich seine Fingerknöchel immer weißer, derweil er sie nervös knetete.

Ich brachte ihm ein Nicken entgegen und trat mit meinem Fuß gegen die Hintertür des Autos, um sie mit einem Schlag zu schließen.

Sobald ich die Notaufnahme mit Mila betrat, schien mir die gesamte Aufmerksamkeit zu Füßen zu liegen, da sich den Angestellten ein schlimmes Bild bot.

„Was ist passiert?", fragte eine der angestellten Ärztinnen, die mit ihrer Frage zwar keine Aufregung verbreitete, in ihr jedoch Nervosität mitschwang.

„Ich habe sie bei einem Spaziergang im Wald gefunden. Es muss sich ein Tier an ihr vergangen haben. Sie hat tiefe Bisswunden an ihrem Hals", versuchte ich mit der Aufregung eines sterblichen Menschen zu sagen, der den Vorfall angsteinflößend empfinden würde.

Während ich meine Antwort an die in weiß gekleidete Ärztin richtete, kamen zwei weitere Krankenhausmitarbeiter mit einem rollenden Krankenbett um die Ecke. Gekonnt platzierten sie es direkt vor mir, sodass ich Mila noch vorsichtig darauf ablassen musste. Nicht eine Sekunde später fuhren die Angestellten das Bett in den nächsten freien Raum, um Mila zu versorgen. Die Scharen an Mitarbeitern begaben sich direkt dorthin und ließen mich an Ort und Stelle stehen.

Bevor ich mich auf den Heimweg machte, teilte ich einem der Mitarbeiter die Adresse von Milas Familie mit, die sie bei mir einmal beiläufig erwähnt hatte. Diese sollte das Krankenhaus informieren, wenn sich Milas Zustand wieder besserte - oder eben nicht. Der Gedanke daran, dass Mila diesen Tag nicht überleben würde, verursachte ein schmerzerfülltes Stechen in meinem Herz. Sie musste es schaffen.

Ich beschloss, in ein paar Tagen erneut im Krankenhaus vorbeizukommen. Doch erst einmal brauchte sie einige Tage Ruhe, damit ihr Körper hoffentlich zum richtigen Leben zurückkehrte. Zurück zu einem menschlichen Leben oder zum Tod. Das waren die beiden Optionen. Tylers gewagter Versuch kam nicht infrage, auch wenn es ihn vermutlich weniger stören würde. Ich wollte ihr das

14

nicht antun.

Ohne einen weiteren Blick auf Milas geschundenen und mit etlichen Kabeln und Nadeln versehenen Körper zu werfen, verließ ich das Krankenhaus.

Ich ging durch dieselbe Tür, durch die ich Mila zuvor in die Notaufnahme hineingetragen hatte. Doch vor ihr wartete kein Auto mehr. Tyler war bereits davongefahren. Um ehrlich zu sein, war es gar nicht bedauerlich. Ich wollte heute niemanden mehr zu Gesicht bekommen.

Ich rannte nach Hause. Während ich mich bewegte, ballte ich meine Hände zu Fäusten und spannte all meine Muskeln an. Der Hass auf mich selbst zwang sie dazu. Er zwang sie, sich bis aufs Äußerste anzuspannen, weil mein Körper es verdient hatte zu leiden - weil ich es verdient hatte. Meine Zähne knirschten, als ich meinen Kiefer vor Wut zusammenpresste. Ein Schwall an Gefühlen übermannte mich. Ich versuchte sie, mit aller Macht zurückzuhalten. Ihren Ausbruch konnte ich heute nicht verkraften und ich war mir sicher, dass sie mich zerstören würden. Ich konnte nur noch an eines denken:

Ich hatte es versprochen. Versprochen, Mila nicht zu töten. Würde sie diese Nacht nicht überleben, könnte ich mir das niemals verzeihen.

Kapitel 2: Tyler

Die Motorengeräusche meines Wagens wurden zunehmend ohrenbetäubender, je schneller ich fuhr. Auf den Seitenstraßen spürte ich, wie die Reifen, die ich noch immer nicht gewechselt hatte, den Grip zum Straßenbelag verloren. Für wenige Sekunden hob das Auto ab, bis es wieder auf dem Teer haftete. Auch wenn ich mich dadurch in Gefahr begab, fuhr ich genauso weiter. Es interessierte mich nicht. Natürlich würde ich durch einen Autounfall nicht sterben oder verletzt werden. Höchstens ein paar Blessuren würde ich bekommen, aber das war mir egal. Ich musste wieder nach Hause. Ich wollte einen klaren Kopf bekommen, meine Gedanken ordnen.

Selbst im inneren des Wagens spürte ich die Kälte, die durch die Lüftung von außen eindrang. Auf meinem blutverschmierten Oberkörper, der von dem viel zu großen T-Shirt bedeckt war, bildete sich nach und nach Gänsehaut, bis mein ganzer Körper bebte. Selbst diesen Zustand hatte ich nicht mehr unter Kontrolle. Ich hatte mein Leben nicht mehr im Griff.

Angespannt fuhr ich die restliche Strecke zum Haus zurück, wo ich das Auto in die Einfahrt stellte. Luke schien noch im Krankenhaus zu sein.

Im Wohnzimmer spürte ich noch eine wohlige Wärme, obwohl wir den Ofen die letzten Tage nicht angeheizt hatten. Sofort legte sich meine Gänsehaut nieder. Vampire froren nicht im eigentlichen Sinne. Ich würde bei Minusgraden nicht erfrieren. Aber mein Herz schien gerade kältere Temperaturen aufzubringen, als es das Wetter je könnte.

Ich schritt durch das unordentliche, jedoch nicht mehr verwüstete Wohnzimmer auf dem Weg zum Bad.

Dort angekommen, verschloss ich die quietschende Tür hinter mir und verriegelte sie zusätzlich. Ich wollte allein sein, so ungewöhnlich dies auch für mich sein mochte.

Ich entledigte mich meiner mit Blutflecken übersäten Jeans und meiner Unterwäsche. Vor dem großen Ganzkörperspiegel blieb ich stehen. Dort beobachtete ich meinen blutverschmierten Körper, der durch die letzten Tage verändert wirkte. Einem Außenstehenden würde es nicht auffallen, doch meine Haare waren verfilzt und Blutreste verklebten die feinen Härchen. Staubpartikel aus Dr. Mantus Keller hafteten an meiner Haut und ein abstoßender Geruch hing in meiner empfindlichen Nase.

Gedankenverloren überkam mich plötzlich Wut. Die Erregung durchfuhr meinen gesamten Körper und breitete sich in allen Arterien und Venen aus.

So ein verdammter Mist!

Mit einem gezielten Faustschlag traf ich die Mitte des gläsernen Spiegels, seine Splitter verteilten sich in Sekundenschnelle im gesamten Badezimmer. Sie fielen mit hellklingenden Tönen zu Boden. Das gesamte Konzert verstummte mit einem Mal, nachdem sich das Glas in alle Einzelteile um mich herum zerstreut hatte.

Mein Oberkörper bebte noch immer vor Wut, während

ich mich einmal um meine eigene Achse drehte und über die scharfkantigen Scherben Richtung Dusche bewegte. Die einzelnen Splitter bohrten sich nach und nach immer tiefer in meine Fußsohlen und damit hinterließ ich dunkelrote Fußabdrücke auf dem cremefarbenen Fliesenboden.

Der helle Boden der Dusche zeichnete meine Fußabdrücke genauso ab, bis ich den Wasserhahn aufdrehte und das kalte Wasser meine Spuren mit sich in den Abfluss zog. Das kühle Nass beruhigte meinen vor Wut aufgeheizten Körper ein wenig, jedoch immer noch nicht genug.

Mit aller Gewalt versuchte ich die Gedanken aus meinem Kopf zu verbannen. Ich wollte im Moment nicht mehr denken, weder an Luke noch an Mila - vor allem nicht mehr an Mila.

Ich ließ einen lauten Schrei los, der selbst durch das fließende Wasser nicht mehr gedämpft werden konnte. Ich schrie meine ganze Wut hinaus, so laut wie nur möglich. Doch meine Gedanken ließen sich nicht verbannen. Sie wollten, dass ich über sie grübelte. Sie waren der Teil von mir, der sich niemals von mir lösen würde, denn er war fest verankert. Das mit Blut versetzte Wasser drehte seine Kreise auf dem Boden der Dusche, bis es sein Ende im grau melierten Abfluss nahm. Jeder einzelne kleine Glassplitter, der sich in meinen Füßen festgesetzt hatte, wurde mit dem Wasser mitgezogen. Alles wurde mitgezogen, außer meine Gedanken.

Und dieser Teil meiner Gedanken sagte eines ganz

deutlich: Hätte ich noch wenige Schlucke von Milas Blut getrunken, dann wäre alles wieder einfacher gewesen.

Erneut schrie ich auf und hatte das Gefühl, dass der Schrei mein Herz, wie in den letzten Tagen schon viel zu oft, bis aufs Mark erschütterte.

Kapitel 3: Luke

Es war nun eine Woche vergangen, seitdem ich Mila in ihrem todesnahen Zustand in die Notaufnahme gebrachte hatte. Auch wenn ich ihr in dieser Zeit nicht körperlich nah war, waren meine Gedanken stets bei ihr. Je länger sich der Zeitraum, in dem ich keine Nachricht von Mila erhalten hatte, ausdehnte, umso eher zeigten meine Gedanken ein düsteres Ende als ein gutes.

Während ich in den sieben Tagen mein noch nicht vollständig wieder hergerichtetes Wohnzimmer erneuerte, beschloss ich Mila im Krankenhaus zu besuchen. Dass sie meinen Besuch völlig ablehnen könnte, stand noch im Raum, jedoch musste ich sie sehen. Meine Sehnsucht war größer denn je, da ich sie durch meine Gefangenschaft seit Wochen nicht mehr in einer normalen Situation antreffen konnte.

Aber was war bei uns schon normal?

Vor meiner Entführung befanden wir uns in einer Beziehung, auch wenn nicht in einer alltäglichen zwischenmenschlichen. Aber in einer Beziehung, die jeden Tag um einen glücklichen Verlauf kämpfte.

War diese Beziehung nach dem schlimmen Vorfall überhaupt noch lebensfähig? Ich wusste nichts, rein gar nichts. Wenn alles in Ordnung wäre, hätte sie sich dann aber nicht gemeldet? Mich angerufen oder Bescheid gegeben, dass sie überlebt hat.

Uns überlebt hat.

Ebenfalls wusste ich nicht, welche Rolle Tyler dabei

spielte. Er verlor immer noch kein Wort darüber.

Seine für mich grausamen Worte hallten fast in Dauerschleife in meinen Ohren wider.

„Und leider muss ich dir recht geben. Nicht nur ihr Blut ist verführerisch ... "

Als ich zu diesem Zeitpunkt Tylers Blut kostete, war es wundervoll und abgrundtief schrecklich zugleich. Ein Schauer durchfuhr auf meinen Gedanken hin meinen Körper.

Mittlerweile stand ich in meinem Schlafzimmer, knöpfte mir mit großer Sorgfalt das bordeauxfarbene Hemd zu und krempelte die Ärmel bis zu den Ellbogen hoch. Draußen zeigte sich bereits der Winter, was uns Vampiren aber nichts ausmachte.

Ich schnappte mir den kleinen zusammengebundenen Blumenstrauß, der aus himmelblauem Vergissmeinnicht bestand und verließ das Haus in Richtung meines Wagens.

Krampfhaft versuchte ich während der Fahrt eine Entschuldigung zu formulieren. Nachdem sich dort mehrere Wörter zusammengefügt hatten, verfielen diese zu einem Haufen grübelnder Gedanken, der sich immer weiter türmte. Diesen Vorfall konnte man nicht entschuldigen. Krampfend hielt ich mich am schwarzen kalten Lederlenkrad fest, um so ein wenig meinen Frust zu verdrängen.

Schnell ließ ich locker. Ich musste mich zügeln, sonst würde ich das Auto in Kleinteile zerlegen.

Seit dem Vorfall hatte ich keinen Schluck Blut mehr

getrunken, somit war ich leicht reizbar. Zu leicht. Aber ich wollte es nicht noch einmal riskieren, meiner Gier zu erliegen. Bis dato konnte ich mich ihr ab und an hingeben, den Moment genießen. Vor allem das Blut genießen. Aber Mila brachte das Gleichgewicht zum Kippen. Es war nicht mehr das „ab und an", dem ich meiner Gier unterlag, nein, die Gier bezwang meine Vernunft und hatte zu oft gesiegt.

Ruckartig stoppte ich auf dem Besucherparkplatz des Krankenhauses. Diesmal nahm ich nicht den Eingang über die Notaufnahme, sondern den Haupteingang des Krankenhauses, der zu den verschiedenen Stationen führte. Ich versuchte die Angst erneut zu verdrängen, Mila auf der Intensivstation oder gar in der Pathologie wiederzufinden. An der Information, an der alle Besucher koordiniert von einer braunhaarigen jungen Frau zu den verschiedenen Bereichen geschickt wurden, wollte ich mich über Mila erkundigen.

„Guten Tag, wo finde ich denn Mila?" Ich räusperte mich kurz. „Mila Brennan." Ohne vorerst eine Antwort zu bekommen, tippte die Frau Milas vollständigen Namen in den veralteten Computer vor sich ein und wartete, bis dieser Ergebnisse ausspuckte.

An dem Gesichtsausdruck der jungen Frau konnte ich erkennen, dass sie versuchte, ihre Worte hinauszuzögern oder sie wusste nicht genau, ob sie mir überhaupt eine Auskunft geben durfte. Letztendlich begann sie stotternd zu sprechen.

„Schauen Sie auf Station 2, Zimmer 2510. Es ist jedoch

möglich, dass Ms. Brennan das Krankenhaus bereits verlassen hat." Den letzten Satz wisperte sie so leise, dass man meinen konnte, er hätte ihren Mund gar nicht verlassen. Für einen Menschen möglicherweise unhörbar, doch ich schnappte ihn auf und schnappte danach erleichtert nach Luft. Verlassen konnte nur positiv sein.

Ich bedankte mich und setzte mich zugleich in Bewegung, um den Aufzug zur Station zu nehmen.

Während er sich entgegengesetzt der Schwerkraft bewegte, erfreute ich mich an der Aussage der Informationsfrau. Wenn Mila das Krankenhaus verlassen hatte oder auf dem Weg war, es zu verlassen, war sie dem Tod entkommen. Das war im Moment alles, was für mich zählte. Hauptsache es ging ihr den Umständen entsprechend gut.

Nachdem ich die verzweigten Gänge hinter mir gelassen hatte, stand ich regungslos vor dem Zimmer 2510 und ließ den Blumenstrauß von einer Hand in die andere wandern. Würden meine Hände in solch emotionalen Situationen schwitzen können, würden sie es tun.

Ich atmete noch einmal tief ein und aus. Mit der freien Hand klopfte ich zaghaft an die Holztür, die nur wenige Macken in den lackierten Holzmaserungen aufwies. Eine Unversehrtheit, die ich auch Mila wünschte.

Auch nach kurzem Warten bekam ich keine Antwort, die auf ein gewünschtes Hereinkommen hinwies.

Ohne mich ein weiteres Mal bemerkbar zu machen, öffnete ich die Tür.

In dem hauptsächlich mit weißen Möbeln

23

eingerichteten Zimmer befand sich zwar eine junge Frau, jedoch nicht Mila. Es war Milas Freundin Jenna, die das leere Bett mitten im Zimmer zurechtmachte.

Natürlich konnte ich mir denken, dass Mila das Krankenhaus bereits verlassen haben könnte, sie hier aber nicht anzutreffen, machte mir dennoch Gedanken.

„Jenna?", fragte ich vorsichtig, um sie nicht zu erschrecken, da sie mein Klopfen womöglich nicht gehört hatte.

Wie erwartet schreckte Jenna mit einem Mal zu mir herum und schaute mich mit großen Augen an.

„Oh, entschuldigen Sie, ich habe Sie gar nicht kommen hören. Wie kann ich Ihnen weiterhelfen?", fragte Jenna freundlich.

Ich hatte vergessen, dass Jenna mich zuvor nur mit der Maske auf dem Maskenball gesehen hatte.

„Hallo, ich bin Luke, Milas …" Ich verstummte, während ich Jenna meine Hand zur Begrüßung entgegenstreckte, da ich nicht wusste, ob ich mich noch länger als Milas festen Freund betiteln konnte.

„Mila hat vielleicht schon von mir erzählt. Wo kann ich sie denn finden?", erfragte ich, mit dem Versuch meine misslungene Beschreibung meiner selbst zu übertünchen.

„Schön, dich endlich kennen zu lernen", erwiderte Jenna grinsend, „Mila ist nicht mehr hier. Sie wird so schnell nicht wiederkommen …" Das zuvor erleuchtende Lächeln in Jennas Gesicht verschwand und eine dunkle Miene zeigte sich mir.

Fragend blickte ich in ihre Augen, die begannen, Tränen in den Rändern zu sammeln. Bevor ich auch nur eine weitere Frage dazu stellen konnte, brach es bereits aus Jenna heraus.

„Sie ist bei ihrer Familie", wisperte sie.

Erleichtert atmete ich auf, da die Information im ganzen Trubel nicht untergegangen war. Es hatte also funktioniert.

„… Bei ihrer Familie in Irland. Ihre Mutter meinte, eine Auszeit würde ihr guttun und sie sind gemeinsam mit ihrem Vater zu ihrem alten Haus gereist", sprach Jenna in der Stimme immer trauriger werdend.

Ich versuchte, die Informationen zu verarbeiten. Die Information, dass Mila den Vorfall überlebt hatte und nicht tot war. Dafür befand sie sich aber am anderen Ende der Welt und war im Moment genauso unerreichbar für mich.

Kapitel 4: Mila

Ich schwenkte die Tasse Tee in meiner Hand und starrte gedankenverloren an die weiße Wand. Vielleicht lag es an dem unbehaglichen Gefühl, dass sich seit meiner Ankunft in Irland in meinem Bauch ausgebreitet hatte.

Das Letzte, an was ich mich erinnern konnte, als ich im Krankenhaus erwachte, war der grausame Schmerz, den Luke und Tylers Vampirzähne mir zugefügt hatten, während sie mir die letzten Tropfen meines Blutes raubten.

Sie hatten das getan, was Luke nicht mehr tun wollte. Mich verletzen.

Noch immer war mein Körper geschwächt, doch die Schwindelattacken wurden weniger und die Migräne, die sich die letzten Tage in meinen Schädel gebohrt hatte, war gänzlich verschwunden.

Mit einem dumpfen Geräusch schob ich den schweren Holzstuhl zurück und näherte mich der großen Fensterfront. Noch nie hatte ich diesen Ort wirklich vor mir gesehen. Bis jetzt kannte ich ihn nur aus den lebhaften Erzählungen meiner Eltern oder den wunderschönen Polaroidfotos meines Vaters. Der Blick aus dem Fenster zauberte ein kleines Lächeln auf mein Gesicht. Der Ausblick war wunderschön, sogar noch besser als aus den Erzählungen. Saftige Wiesen zogen sich über das gesamte Festland, das sich durch das hochgelegene Haus weit erblicken ließ. Vereinzelt tummelten sich kleine

Schafherden auf dem grünen Land, das nicht eingezäunt war. Sie waren frei und das zeichnete das atemberaubende Panorama aus, das sich vor mir darstellte: Freiheit.

Vielleicht war es genau das, was mir beim Fällen meiner Entscheidung geholfen hatte. Ich musste meinen Gedanken Freiraum verschaffen, sie mussten sich nicht mit komplizierten Fragen befassen, bei denen es um Leben und Tod ging, da übernatürliche Wesen ein Teil davon waren.

Als ich meine Augen im Krankenhaus das erste Mal aufschlug, sah ich meine Mutter, die besorgt an meinem Bett stand. Wie genau ich dorthin gekommen war, konnte mir keiner sagen, auch nicht das Krankenhauspersonal. Es war vermutlich ein Tierangriff hatten sie gesagt - was mich nicht wirklich überraschte. Nun war ich eine von vielen, die den „unbekannten Tieren" zum Opfer gefallen war, jedoch war ich eine der wenigen, die es überlebt hatte. Ob Luke oder Tyler überhaupt noch an mich dachten? Wie sollten sie wissen, dass ich mich nicht mehr in Portland befand, sondern in Galway, also am anderen Ende der Welt.

Mit einem großen Schluck bitterem grünen Tee, versuchte ich die Gedanken an die Brüder aus meinem Kopf zu schwemmen.

„Mila, ist alles in Ordnung?", fragte meine Mutter. Ich konnte ihre Umrisse in der Fensterfront erkennen, wie sie hinter mir an der Tür lehnte. Sie verschränkte ihre Arme und ihre Mundwinkel zogen sich nach unten. Diese Frage hatte sie mir in den letzten Tagen viel zu oft gestellt.

Natürlich war meine Antwort immer, dass alles in Ordnung sei, auch wenn es in Wirklichkeit nicht der Fall war. Doch sie schien es zu bemerken. Eine Mutter bemerkte so etwas wohl immer.

„Natürlich", flüsterte ich und setzte ein liebliches Grinsen auf, während ich mich zu ihr herumdrehte.

„Wäre es in Ordnung, wenn wir dich für ein paar Stunden alleinlassen? Dein Vater und ich würden gern seine alten Bekannten besuchen, da wir sie seit Jahren nicht gesehen haben und ich meine ..."

„Ist schon okay, Mum. Ich komme klar", unterbrach ich ihr Stammeln, bevor sie wieder damit anfing, dass sie ihr kleines Mädchen nicht auf unbekanntem Terrain allein lassen konnte.

Mit einem breiten Grinsen im Gesicht, das ihre strahlend weißen Zähne offenbarte, kam sie auf mich zu und umarmte mich mit solch einer Freude, dass mir kurzerhand die Luft wegblieb.

„Bis später. Schau dich doch ein wenig in der Gegend um, es ist schön hier", rief mir meine Mutter noch zu, derweil sie sich ihren Mantel im Flur überwarf. Wenigstens sie konnte aufgemuntert werden.

Es waren keine fünfzehn Minuten vergangen und ich befand mich allein im Haus. Der uralte Wohnsitz hatte meinen Großeltern gehört, bevor sie vor fünf Jahren verstorben waren. Meine Eltern hatten das großzügige Erbe angenommen, da sie für Urlaube geplant hatten, wieder nach Irland zu reisen. Auch wenn man meinen „Unfall" nicht als Urlaub bezeichnen konnte, war es für meine

Eltern ein sehr guter Grund mir diese Reise anzubieten - eine Reise mit unbekanntem Rückflugdatum. Mein Vater arbeitete überwiegend im Homeoffice, was er sich in seiner Position in der Firma mittlerweile erlauben konnte und meine Mutter arbeitete schon seit Jahren als freie Künstlerin, verkaufte die eigens kreierten Bilder auf Märkten oder Auktionen. Für sie war es also ebenfalls kein Problem für einen undefinierbaren Zeitraum in Irland zu bleiben, da es hier genug kleine Märkte in der Umgebung gab, die sie ansteuern konnte. Gute Freunde passten außerdem auf meinen kleinen Bruder auf, da er noch die Schule in Salem besuchte und dort nicht von der Seite seiner Freunde weichen wollte. Nur für mich war es ein Problem. Ich hatte mich im Krankenhaus auf unbestimmte Zeit freistellen lassen, was meinem Chef gar nicht gefiel, da der Personalmangel schlimmer war denn je. Aber das größte Problem war Jenna, die als ich ihr von meiner Entscheidung berichtete, fast ohnmächtig wurde. Ich versprach ihr, dass sie mich besuchen durfte, wenn ich mich ein wenig erholt hatte, wofür es jetzt noch eindeutig zu früh war.

Um für Erholung zu sorgen, beschloss ich, einen der schönen altertümlichen Märkte aufzusuchen. Meine Mutter hatte es mir vorgeschlagen und die Märkte genannt, die abseits von jeglichem Tourismus stattfanden. Einer dieser Märkte war in der Nähe des South Parks, also nur wenige Minuten zu Fuß entfernt.

Schon bei den ersten Schritten, die ich vor die Tür

setzte, fühlte ich mich lebendiger. Auch wenn bis heute noch kein Schnee gefallen war, herrschte auf der Insel ein eisiger Wind, von dem ich jeden Stoß auf meiner Haut spüren konnte. Viele Menschen empfanden das wohl nicht als angenehm. Aber ich konnte wieder fühlen und die Tage, die ich im Koma verbracht hatte, waren mehr als nur gefühllos. Ein Nichts, das ich zwar irgendwie spüren, aber nichts dagegen tun konnte.

Nachdem ich das Lächeln, dass sich durch die kalten Windstöße auf meinem Gesicht abgezeichnet hatte, unter meinem dicken Schal versteckte, lief ich in Richtung des South Parks. Mir blieb auf dem Weg gar nichts anderes übrig, als meinen Kopf die ganze Zeit von links nach rechts und wieder andersherum schwenken zu lassen. Die Gebäude waren beeindruckend, alle in anderen Farben. Nicht so trist wie in Portland, wo ein Haus dem anderen glich. Hier hatte jedes Haus seine eigene Geschichte zu erzählen. Ein grünes Haus, mit ebenso grünem Vorgarten sah fast märchenhaft aus, während wenige Meter weiter eines in einem glühenden Rot erstrahlte, in dem ich gerne im Winter auf das mit Schnee bedeckte Dach schauen würde und mich die Farbe des Hauses innerlich aufwärmte.

Bis ich bei dem Markt ankam, hatte ich mir für mindestens fünf weitere Häuser eine wundervolle Geschichte ausgedacht, die diese in der Güte ihrer Jahre erlebt hatten. Ich stoppte mein Fantasieren, als ich auf den Markt stieß, der sich mit einem auffälligen Holzschild ankündigte. Bei diesem Schild angekommen, reihten sich nach und nach immer mehr Verkaufsstände aneinander, die für die Wetterverhältnisse sehr zerbrechlich wirkten.

Trotz der eisigen Kälte tummelten sich an den Ständen mehrere Menschengruppen, die wohl einiges an Geld in sinnlose Dekoration oder massig viel Essen steckten. Die Menschen hatten meist zwei oder mehr Taschen umhängen, die bis zum Rand mit besagten Dingen bestückt waren. Beides konnte ich jedoch gerade nicht gebrauchen. Vorerst musste ich das Haus, in dem ich nun ein wenig Zeit verbringen wollte, erst einmal kennenlernen, bevor ich es umdekorierte. Der Appetit blieb mir seit meinem Erwachen im Krankenhaus sowieso fern. Dies veranschaulichte mir auch mein Wintermantel bei jedem Tragen, da er sich nicht mehr direkt an meinen Körper schmiegte, sondern nun locker um ihn herum waberte. Vielleicht sollte ich mir trotzdem etwas Gutes tun, überlegte ich mir, während ich weiter die Gasse entlang schlenderte. In der Ferne sah ich drei Stände, die ein wenig Schmuck aufgebahrt hatten. Wenn sich mein Körper schon nicht gut fühlte, konnte ich ihn wenigstens etwas aufhübschen.

Auf zwei der drei Stände lag Schmuck in allen Farben aus und ich entschied mich am ersten Stand für eine silberne filigrane Halskette mit einem Anhänger in Form einer Schneeflocke.

Der letzte Stand wies fast nur einfarbigen Schmuck auf. Die meisten Schmuckstücke enthielten einen Anteil an glänzenden Kristallen. Langsam näherte ich mich den kleinen Tischen des Standes, die mit einer schwarzen

Samtdecke ausgelegt waren.

Sofort fiel mir ein kleiner silberner Ring ins Auge, der einen blau funkelnden Brillanten in seiner Fassung hielt. Ein stummes „Wow" ging mir unbewusst über die Lippen und wie ferngesteuert näherte sich mein Finger dem schönen Schmuckstück.

In dem Moment, in dem mein Finger den kleinen blauen Stein berührte, durchfuhr mich ein Schwall an Wärme, der sich sofort weiter in meinen Körper hineinzog und mich einen Schritt zurückweichen ließ. Der blaue Kristall leuchtete. Hatte er das zuvor auch schon getan?

Nach wenigen Sekunden verblasste das blaue Licht.

„Du! Mädchen! Komm!", rief eine Stimme hinter den Leinentüchern, die über dem Verkaufsstand hingen. Verwirrt schaute ich in Richtung des Standes, aus dem eine Frau im mittleren Alter herausschaute, sich aber dennoch hinter den bunten Tüchern versteckt hielt.

Ein unangenehmes Gefühl schlich sich in mir hoch und ich tat so, als hätte ich die Rufe der unheimlichen Frau nicht gehört und wollte mich gerade umdrehen, um den Stand zu verlassen.

Als ich in Richtung der Straße schaute, packte mich eine Hand hinten am Kragen meines langen Mantels und zog mich mit unheimlicher Kraft zurück zum Stand. Eigentlich wollte ich schreien, doch meine Stimmbänder verkrampften förmlich durch den Schock.

Nach wenigen Sekunden fand ich mich in dem vermutlich selbst zusammengesteckten Häuschen aus Tüchern und Metallstangen hinter dem Schmuckstand wieder. Die

Frau, die ich nun zum ersten Mal im gesamten erblicken konnte, stand dicht vor mir und drängte mich gegen die nächste Wand, die jedoch nur aus Leinentüchern und ein paar aneinander genagelten Holzbrettern bestand.

Die Frau, sie musste sich mindestens schon in der zweiten Hälfte ihrer Lebensjahre befinden, hatte straßenköterblonde lange Haare. Sie waren irgendwann einmal zu Dreadlocks geflochten worden, mittlerweile waren sie komplett ineinander verfilzt. Nicht nur der Stand, sondern auch ihr Körper war in diese alten Leinentücher gehüllt, die sie miteinander verknotet hatte, damit sie ihr nicht vom Körper rutschten.

„Lassen Sie mich bitte gehen. Ich möchte nichts kaufen", entgegnete ich ihr, da mein Puls vor Wut bereits unaufhörlich raste. Was hatte ich ihr denn getan?

Die Frau drängte mich noch weiter an die Wand und blickte böse drein.

„Sie bringen das Licht … das dürfen Sie nicht öffentlich zeigen! Nicht hier … nicht bei mir … die finden mich und bringen mich um!", schrie die alte Frau beunruhigt.

Jetzt verstand ich rein gar nichts mehr.

„Ich mache was? Sie müssen mich verwechseln."

Bevor ich mich versah, zückte die Unbekannte ein scharfes Messer aus ihrem Leinenkleid und hielt es nur wenige Millimeter von meinem Hals entfernt, wohl bereit, es jederzeit noch näher an mich heranzuführen.

Ich schielte nach unten auf die silberne Klinge, deren Anblick mich geradezu hypnotisierte. Nicht am Rand der Klinge direkt, sondern wenige Millimeter daneben, war sie mit kleinen blauen funkelnden Kristallen bedeckt. Die gleichen Kristalle wie auf Dr. Mantus Messer ... es musste Tansanit sein.

„Wollen wir doch einmal sehen, ob ich Sie verwechsle ... ", zischte die Frau selbstsicher und brachte das Messer meinem Hals noch ein wenig näher.

Mittlerweile raste mein Puls nicht mehr vor Wut, sondern aus purer Angst. Diese Frau musste verrückt geworden sein?! Mein ganzer Körper zitterte und ich hatte das Gefühl, dass ich dadurch dem Messer noch näherkam.

„Bitte ... ich habe Ihnen nichts getan. Ich habe auch keinen Schmuck geklaut ...", versuchte ich sie mit bebender Stimme zu überzeugen.

Sie ging nicht auf meine Bitte ein. Eher im Gegenteil.

Nach wenigen Sekunden spürte ich die eiskalte Messerklinge an meinem Hals. Auch wenn die Verrückte die Klinge noch nicht fest an mich drückte, hatte ich das Gefühl, dass mir bereits jetzt die gesamte Luft wegblieb.

Mit allem hatte ich bei dieser Frau gerechnet - nur nicht damit.

In letzter Sekunde, bevor sich die Klinge durch meinte Haut bahnte, wendete sie diese ein wenig von mir ab. Vielmehr kippte sie das Messer in Richtung der Tansanit-Kristalle.

Was hatte sie vor, verdammt nochmal?!

Und plötzlich verstand ich, worauf die Frau hinauswollte.

Sie wendete das Messer, bis mich die kleinen Tansanit-Kristalle am Hals berührten - und dann begannen sie strahlend blau zu leuchten. So hell, dass sich der Tansanit selbst auf der Klinge spiegelte und das dunkle Hüttchen ein wenig erhellte.

Ich verstand, worauf sie hinauswollte, jedoch nicht, was es zu bedeuten hatte.

„Warum leuchtet der Tansanit?", fragte ich vorsichtig, damit sie sich nicht doch noch einmal überlegte, mir das Messer richtig am Hals anzulegen. Das war der Moment, in dem sie mir das Messer vom Hals nahm und wenige Sekunden später hörten die Kristalle auf zu leuchten.

Während sie weitere Leinentücher aus der Ecke der Hütte nahm und diese vor den Eingang hängte, entspannten sich meine Muskeln merklich, auch wenn ich der Situation noch nicht vollends entkommen war.

„Hoffentlich finden sie uns nicht, hoffentlich haben sie das nicht bemerkt … ", säuselte sie derweil vor sich hin.

„Wer sind die?", fragte ich leise, in der Hoffnung, dass sie mir nun endlich etwas verraten würde. Für eine kurze Zeit waren bis auf die Menschen außerhalb der Hütte nichts zu hören. Sie schien zu überlegen.

„Die mystischen Wesen", antwortete sie kurz und knapp.

„Sie meinen Vampire?", fragte ich nun etwas lauter. Langsam fand ich meine Stimme wieder. Erneut schien sie zu überlegen, was sie mir erzählen konnte.

„Als ich das erste Mal Tansanit in den Händen hielt, leuchtete es nicht", versuchte ich mehr mir selbst als der Frau zu erklären.

Mittlerweile schenkte sie mir wieder ihre volle

Aufmerksamkeit und kam auf mich zu, diesmal jedoch ohne Messer. Sie stellte sich direkt vor mich, um mir beim Reden in die Augen zu schauen. Gefühlt hatte ich sie in der Zeit nicht einmal blinzeln sehen, so scharf warf sie mir ihre Blicke entgegen.

„Du hast gegen sie gekämpft, hast dich mit dem Tansanit gewehrt und bist fast dabei gestorben. Aber du hast es geschafft. Nun bringst du Licht, Licht gegen das mystisch Dunkle in dieser Welt." Sie machte eine kurze Pause und kramte etwas aus der Tasche in ihrem Leinenkleid, wo sie zuvor auch das Messer hervorgeholt hatte. In ihren runzeligen Händen ließ sie einen silbernen Ring hin- und hergleiten. Dieser ähnelte dem Ring, den ich außerhalb des Standes berührt hatte: Er bestand aus einer silbernen Fassung und besaß auf der Oberfläche einen einzelnen blauen Tansanit eingearbeitet.

„Nimm ihn … aber ziehe ihn nur an, wenn du ihn wirklich brauchst. So kannst du nicht von ihnen kontrolliert werden, ja kommst vielleicht sogar gegen sie an, aber so sehen sie dich auch … Wenn du es gelernt hast, wirst du ihn nicht mehr brauchen … Und jetzt geh, Mädchen geh und komm nie wieder hierher. Sie werden mich sonst finden … ", faselte die Frau weiter vor sich hin, während sie mich mit aller Gewalt aus ihrer Hütte zu schieben versuchte.

Und dann stand ich wieder mitten auf dem Markt, umgeben von Menschen, aber fühlte mich dennoch allein gelassen. Vor allem wusste ich nicht, ob ich nach dem Vorfall immer noch ich selbst war oder mich die mystische

Welt zu viel gefangen genommen hat, sodass mein altes Ich gar nicht mehr existierte.

Kapitel 5: Luke

Zu Hause angekommen schenkte ich mir in der Küche einen Whiskey in ein Kristallglas ein. Dort hatte ich eine Flasche ohne Tylers Wissen für Notfälle versteckt. Ich verdrängte den Gedanken daran, dass ich in diesem Moment Tyler ähnelte. Der starke Geschmack des Alkohols breitete sich augenblicklich in meiner Kehle aus und auch wenn ich es mir nur einbildete, konnte ich einige Sorgen verdrängen.

Im nächsten Moment vernahm ich das Zuschlagen der Haustüre. Tyler trat ein, das hörte ich genau. Ohne ein Wort zu sagen, schritt er an der Tür vorbei zu der offiziellen Whiskey-Sammlung. Ich lehnte mich mit dem Whiskeyglas in der Hand an den Türrahmen und schaute in Richtung des Wohnzimmers, um ihn zu beobachteten. Das erste Glas mit Whiskey kippte er sich mit einem Mal runter. Das zweite schwenkte er erst mal genüsslich und tat es dem ersten gleich.

„Was willst du?", fragte Tyler lallend, ohne sich zu mir umzudrehen. Währenddessen schenkte er sich das dritte Glas ein.

„Was hast du zwischenzeitlich getrieben?", fragte ich beiläufig, um nicht gleich mit der Tür ins Haus zu fallen.

Tyler schüttelte nur abwertend seinen Kopf und ging mit dem vollen Glas auf das Sofa zu, um sich mit einem Ruck hineinfallen zu lassen.

„Was geht dich das an?", entgegnete er mit langen

Pausen zwischen den einzelnen Worten, während er die Beine aufeinanderschlug und sich entspannt zurücklehnte.

Eigentlich hatte er recht mit seiner Aussage. Was ging mich das an? Aber seitdem mich Tyler entführt hatte, haben wir nicht über ihn und Mila geredet. Er wusste, dass wir ein Paar sind - oder waren. Doch was war passiert, während ich gefangen gewesen war? Ich musste es einfach wissen - wissen, was er ihr angetan hatte.

„Du siehst mitgenommen aus, Tyler. Liegt es an …" Ich brauchte nicht weiterzusprechen, da hob Tyler seine Hand, um mir zu bedeuten, dass ich meinen Mund halten sollte.

„Wo ist sie überhaupt? Sollte sie nicht an deiner starken Schulter hängen und sich an dir ergötzen? Hätte sie es nicht überlebt, wärst du vermutlich zerstörter", schlussfolgerte Tyler mit seinem typisch sarkastischen Grinsen.

„Sie nimmt sich eine Auszeit … eine Auszeit bei ihrer Familie in Irland - und ich denke auch eine Auszeit von uns." Es tat weh, diesen Satz laut auszusprechen. In meinen Gedanken war Milas Abwesenheit noch nicht vollständig angekommen. Das laute Aussprechen verwirklichte die Tatsache und splitterte eine Ecke meines Herzens ab. Ich wünschte, dass sie wie Tyler sagte, an meiner Schulter lehnend ihre Zeit mit mir verbringen würde.

Selbst er erwiderte nichts zu meiner Aussage. Interessierte es ihn wirklich nicht, dass Mila die Stadt verlassen hatte oder wie es um uns stand?

„Ich weiß Luke, du willst das alles nicht hören, aber ich habe dir gleich gesagt, dass diese Beziehung keinen Wert hat. Ich weiß auch, dass ich dazu meinen bösen Teil beigetragen habe. Sorry nochmal dafür", verhätschelte Tyler seine eigenen Worte, „aber du musst sie aus deinem Kopf streichen. Ihre Abreise sagt deutlich, dass wir sie in Ruhe lassen sollen."

Auch wenn sich Tylers Worte komplett gegen mich richteten, stellte ich fest, dass seine Gesichtszüge Wehmut zeigten, als würde er sie ebenfalls vermissen.

Aber er hatte recht, ich musste Mila vergessen. Zumindest vorerst. Vielleicht würde sie sich wieder bei mir melden.

„Du hast recht", entgegnete ich Tyler.

Mit der Geste, mein Glas mit seinem Anstoßen zu lassen, entfernte ich mich, um mein Zimmer aufzusuchen.

Ich dachte, die Trauer, die ich momentan empfand, wäre eines der schlimmsten Gefühle, die in mir ausgelöst werden konnten. Doch da hatte ich mich wohl getäuscht.

Plötzlich entfaltete sich in mir ein mörderisches Stechen, das geradewegs mein Herz durchbohrte. Keinen Schritt konnte ich weiter die Treppe, die vor mir lag, hinaufgehen. Wie angewurzelt brachte mich der zerreißende Schmerz zum Stehen. Er lähmte alles in mir. Meine Gefühle, meine Motorik und meine Sensorik - alles außer meiner Stimmbänder und den Schmerz selbst. Ich stieß einen lauten Schrei aus, derweil ich rücklings die Treppe hinunterstürzte. Weder die harten Kanten der einzelnen Treppenstufen noch das Knacken meiner Gelenke durch den Sturz konnte annähernd die Schmerzen beschreiben, die mich in dieser Sekunde durchfahren hatten. Mit einem harten Aufprall kam ich zusammengekrümmt am unteren Ende der Stufen zum Liegen, während ich keuchend die Decke über mir betrachtete.

Es dauerte eine Weile, bis ich mich wieder aufrichten konnte. Der Schmerz war überraschenderweise abgeklungen.

Bevor ich mich aufgerichtet hatte, sah ich Tyler wenige Meter von mir liegen. Er hielt sich die Hand schmerzerfüllt auf die linke Seite seines Brustkorbes.

„Ich glaube wir haben ein ziemlich großes Problem." Die Worte verließen gequält Tylers Mund.

Und wenn ich nichts glauben konnte, das glaubte ich ihm sofort.

Kapitel 6: Mila

Mittlerweile saß ich an dem Fenster, das in die Gaube des Dachgiebels in unserem neuen Zuhause eingearbeitet war. Es war das Zimmer, das mir zugewiesen wurde, natürlich nur, wenn ich es auch beziehen wollte. In mir wütete fast dasselbe Gefühl wie in dem Moment, als ich vom Dasein der Vampire erfahren habe. Ich konnte es nicht wirklich beschreiben, aber es vereinnahmte mich völlig. Es war kein gutes Gefühl, eher etwas, was mich veränderte. Besser konnte ich die Situation nicht beschreiben.

Immer wieder ließ ich mir die Bruchteile an Sätzen, die die verrückte Frau auf dem Markt mir entgegenbrachte, durch den Kopf gehen. Ich wusste selbst noch nicht viel über das, was in mir stecken sollte. Ich wollte es nicht wahrhaben. Die ganze Zeit war ich der Mensch gewesen, das Zerbrechliche, auf das Acht gegeben werden musste. Ich war diejenige, um die gekämpft wurde - und nun sollte ich die sein, die kämpfte? Ich sollte das Dunkle bekämpfen, ohne auch nur die leiseste Ahnung zu haben, wie das funktionierte und ob ich es überhaupt wollte. Schließlich schlug mein Herz weiterhin für das Dunkle, für Luke und Tyler, da war ich mir sicher, auch wenn ich sie zurzeit von mir stieß.

Doch die Gedanken, die ich mir in jeder Sekunde machte, ließen mich nicht in Ruhe. Ich musste mehr darüber erfahren, mehr über das, was mich nun ausmachen sollte.

Ohne einen ausgefeilten Plan zu schmieden, zog ich mir einen dickeren Pullover über, den ich aus dem unteren Teil meines Koffers holte. Auch wenn ich mich schon seit ein paar Tagen hier auf Irland befand, hatte ich ihn noch immer nicht vollständig ausgeräumt.

Mit einem ebenso dicken Schal schmückte ich meinen nackten Hals und lief die Treppe ins Erdgeschoss herunter. Meine Eltern waren mittlerweile vom Besuch der alten Freunde wiedergekehrt und unterhielten sich auf der Couch über alte Zeiten.

Die letzten beiden Stufen sprang ich herunter und kam mit einem lauten Knall auf dem knarrenden Holzboden zum Stehen. Meine Eltern unterbrachen ihr heiteres Gerede, um sich nach mir umzuschauen.

„Gibt es in der Nähe eine Bibliothek … also eine alte Bibliothek? Ich würde gern etwas mehr über die Geschichte hier erfahren", schwärmte ich, in der Hoffnung, sie würden nicht merken, dass es mir nicht um die bekannten Geschichten ging, die in gängigen Sachbüchern zu finden waren. Meine Eltern schauten sich grübelnd an und mein Vater übernahm kurzerhand das Wort.

„Mitten in der Stadt gab es mal eine Bibliothek, ob sie noch existiert, kann ich dir nicht sagen. Wie du dir denken kannst, waren wir lange nicht mehr hier", erzählte mein Vater und hob dann entschuldigend beide Arme.

„Schon in Ordnung, danke. Ich werde mich mal auf den Weg dorthin machen", faselte ich, derweil ich bereits Richtung Haustür unterwegs war.

„Pass auf dich auf, Liebes!", riefen meine Eltern mit

ihren liebreizenden Stimmen im Chor.

Aus der Haustüre getreten, spürte ich wieder den kalten Wind in meinem Gesicht. Dieser war nun noch viel kälter als zuvor. Ich beschloss nicht die Bahn zu nehmen und zu Fuß in die Innenstadt zu laufen. Es war mittlerweile 18:00 Uhr und die Häuser wurden in das tiefe Schwarz der Nacht getaucht. Hier war es nicht wie in Portland, wenn man durch die Straßen lief. Portland wirkte traurig, sobald die Nacht einkehrte. Galway zeigte dagegen die schöne Seite der Stadt und ich fühlte mich hier wirklich wohl, was ich allein in den Straßen in meiner Heimat nie empfunden hatte. Nur wenn ich nicht allein war, mit Jenna und ja, auch mit Luke oder Tyler.

Ich folgte weiter den Schildern in Richtung Innenstadt und anders als erwartet wurden die Reihen der Häuser rar und unauffälliger. Die Bibliothek lag in verzwickten Gassen der Stadt, aber sie war ausgeschildert, sonst hätte ich den Weg vermutlich nie gefunden.

Urplötzlich sah ich einen Schatten im Licht der Straßenlaterne, die nicht weit von mir aus dem Boden ragte. Sofort drehte ich mich um meine eigene Achse und blieb mit einem Satz stehen. Nichts und niemand war zu sehen. In meinem Kopf schien sich schon wieder ein Horrorfilm abzuspielen. Kopfschüttelnd drehte ich mich um und nahm meinen Weg auf, um irgendwann noch in der Bibliothek anzukommen.

Doch zwei Laternen weiter passierte dasselbe nochmal: diesmal kam mir gleichzeitig ein kräftiger Windstoß entgegen, als würde ein Sprinter an mir vorbei rasen. Nun fing auch mein Herz an zu rasen. Das hatte ich mir aber nicht eingebildet?!

Meine Beine bewegten sich nach dem Stillstand nun in doppelter Geschwindigkeit. Ich rannte jetzt in Richtung der Bibliothek. Und das Wichtigste: sie existierte noch. Ich hatte ein Ziel, um dem Spuk zu entkommen.

Glücklicherweise konnte ich sie schon von weitem im Licht mehrerer Strahler erkennen, die über der großen Glasfront angebracht waren. Die Bücher ragten an der Front empor, dicht an dicht aneinandergereiht standen sie am Fenster. Trotz des tröstenden Anblicks spürte ich einen stechenden Schmerz in meiner Lunge, die nur noch wenig Sauerstoff in sich aufnehmen konnte, mein Herz raste und fieberte dem Ende meines Streckenlaufes entgegen.

Kurz bevor ich die große Eingangstür erreichte, verlangsamte ich mein Schritttempo. Ich hatte während des Rennens keine eigenartigen Ereignisse um mich herum bemerkt und fühlte mich wieder etwas sicherer, seitdem mein Ziel in Reichweite war.

Leicht verschwitzt trat ich in die Bibliothek ein und in derselben Sekunde hörte ich ein Glöckchen über der Tür klingeln. Die Angst, die ich zuvor in meinen Knochen spürte, war wie weggeblasen. Eine angenehme Wärme und der Duft alter Bücher lag in der Luft und nahm mich völlig in sich auf.

Vorerst lief ich ziellos in der Bibliothek umher, bis ich auf ein Abteil stieß, das sich mit der Geschichte Irlands und Galway befasste. Glücklicherweise war der Laden größtenteils verlassen und allein zwei Beschäftigte versuchten die zuletzt eingetroffenen Bücher anscheinend nach Farben einzuordnen.

In den ersten Büchern, die ich vor mir aufgeschlagen hatte, zeigten sich kaum Informationen, die ich nicht auch im Internet finden konnte. Seite für Seite blätterte ich durch, doch die neueren Bücher waren erst recht nicht zu gebrauchen.

Je weiter hinten ich in den staubigen Ecken der Regale suchte, umso älter schienen die Bücher zu sein. Es bildete sich eine große Staubwolke, während ich zwei veraltete Bücher aus dem Regal zog.

„Legacies of Ireland" lautete der Titel beider Bücher, Band eins und zwei.

Ich begann die ersten Seiten zu lesen und stellte fest, dass es genau die Bücher waren, die ich suchte. Zwar waren hier nicht nur Legenden, wie sie es hier nannten, über Vampire enthalten, sondern auch über viele weitere mystische Wesen. Vermutlich wurde hier auch einiges hinzugedichtet, dachte ich und überblätterte die ersten Seiten bis zum Thema Vampire. Ich las viel über bereits bekannte Informationen.

„Vampire, das Dunkle auf dieser Welt", las ich bereits in den ersten geschriebenen Zeilen. Sofort fielen mir wieder die Worte der Frau auf dem Markt ein und ließen mich schaudern. Ja, sie hatte Recht, doch sie hatten auch gute Seiten an sich. Das hatte ich selbst erlebt und mein Herz erzählte mir dies immer wieder.

Nachdem ich einige Zeit später die erste Hälfte des Buches gelesen hatte, begann sich meine Herzfrequenz zu steigern. Nun folgte ein eigenes Kapitel über Lichtbringer. Bis dato hatte ich nicht daran glauben wollen, dass nur ein einziges Wort aus dem Munde der Verrückten stimmen konnte. Ich atmete einmal tief ein und aus, dann steckte ich meine Nase in das Buch und begann neugierig zu lesen.

Kapitel 7: Jenna

Ich presste den Tupfer auf die Einstichstelle, um die kleine Blutung zu stillen.

„Bitte drücken sie noch etwas mit dem Tupfer, damit kein blauer Fleck entsteht", wies ich den Patienten an, der nach der Blutspende blass aussah. Mit Schwung rollte ich mit meinem Rollenhocker um die Patientenliege herum und trennte die vollgelaufenen Blutbeutel vom Gerät. Jedes der Geräusche, des Hockers, des Gerätes und sogar das Schlucken des Patienten konnte ich hören - nur eines konnte ich nicht hören: nämlich kein einziges Wort meiner Kollegin.

Nadja, die Aushilfsschwester aus einem anderen Krankenhaus, verlor höchstens zehn Wörter in einer ganzen Schicht.

Ich seufzte, denn Mila war schon viel zu lange weg. Ihr ansteckendes Lachen fehlte mir, gerade in ihrer Anwesenheit verging die Schicht wie im Flug. Doch mit Nadja, die sich anscheinend nicht einmal wirklich für Medizin interessierte, war es die Hölle. Sieben Dienste am Stück musste ich mit ihr durchstehen.

Derweil ich den Patienten wieder mit zur Anmeldung begleitete, schlich sich Nadja hinter dieser entlang und begann den Platz sauber zu machen. Freundlich verabschiedete ich den Spender und freute mich für einen Moment, nicht das Gekaue des Kaugummis von meiner Kollegin in meiner Nähe zu haben.

Genervt sortierte ich die Patientenakten nach den Terminierungen, die an diesem Tag noch anstanden.

„Jenna?", hörte ich eine sanfte weibliche Stimme über dem Tresen sagen. Langsam lies ich meinen Kopf aus den Akten gleiten und schaute in ein stark feminines Gesicht. Die Frau hatte blondes mittellanges Haar, das sich in sanften Wellen über ihre Schulter legte. So wie die Dame gekleidet war, schien sie nicht für eine Blutspende hier zu sein. Irgendwie kam mir diese Frau bekannt vor, doch mir wollte nicht einfallen, woher ich sie kannte.

„Ja, das bin ich. Wie kann ich Ihnen helfen?", fragte ich mit einem leicht aufgesetzten Lächeln.

Die sichere Fassade, die bis jetzt ihr Gesicht verziert hatte, fiel mit einem Male. Es wechselte zu einem netten weichen Gesichtsausdruck.

„Das mag jetzt vielleicht ein wenig seltsam klingen, doch ich komme wegen Mila und meinem Bruder", sagte sie und schaute mich erwartungsvoll an. Ehrlicherweise wusste ich auch nicht, wie ich reagieren sollte.

„Ach entschuldige, ich habe ganz vergessen mich vorzustellen", erwiderte die Frau und streckte mir nun die Hand über dem Tresen entgegen. "Ich heiße Gwen und Luke ist mein Bruder", entgegnete sie mir mit einem Lächeln. "Ah, daher kam sie mir bekannt vor." Die Gesichtszüge ähnelten sich auf den zweiten Blick, auch wenn ich Lukes Gesicht bis jetzt nur einmal ohne Maske gesehen hatte.

„Eigentlich wollte ich meinen Bruder spontan hier in Portland besuchen. Er hat mir jedoch gesagt, dass er zu seiner Freundin Mila nach Irland reisen möchte. Daraufhin sind wir ins Gespräch gekommen und er hat mir verraten, dass sie Milas beste Freundin sind und ich sie hier finde. Da sie Mila ja bestimmt auch gerne besuchen wollen und ich meinen Bruder gerne ein bisschen für mich haben möchte, dachte ich, wir könnten zu dritt nach Irland reisen. Ich weiß, dass klingt vielleicht ein bisschen überstürzt, aber auch wenn wir uns noch nicht wirklich kennen, wäre es bestimmt eine gelungene Überraschung für Mila." Ungeduldig dreinblickend schaute sie mich nach ihrer Erklärung an, als würde sie sofort eine Antwort erwarten.

Ganz koscher schien diese Frau nicht zu sein, einfach eine Fremde zu einer gemeinsamen Reise aufzufordern, auch wenn die Gründe legitim schienen.

„Ich glaube nicht, dass es so eine gute Idee wäre. Vielleicht, wenn ich Sie ein wenig besser kennen würde, aber so ist mir das alles noch ein wenig suspekt, entschuldigen Sie", wies ich ihr Angebot hoffentlich freundlich genug ab.

Innerhalb einer Sekunde verdunkelte sich ihre Mimik. Sie atmete sichtlich genervt ein und aus. Danach kam sie ein Stück näher zum Tresen, um mir wohl ein Widerwort entgegenzubringen. Wütend ballte ich bereits meine Fäuste unter dem Tisch, da sich der Vormittag wirklich nicht so entwickelte, wie ich es mir vorgestellt hatte.

„Na gut … dann eben auf meine Art", hörte ich sie noch flüstern. Doch bevor ich etwas erwidern konnte, sprach sie weiter: „Schauen sie mir in die Augen, Jenna.

Entspannen Sie sich. Es wird eine ganz tolle Reise, auch wenn sie etwas anders abläuft, als man jetzt vielleicht vermuten würde. Also stellen Sie sich nicht so an, packen Sie ihre Sachen, in den nächsten Tagen fliegen wir", befahl mir Gwen in einem strengen Ton.

Und aus welchem Grund auch immer lockerte ich die Faust beider Hände, entspannte mich und ging im Kopf die Packliste für den Urlaub in Irland durch, um nichts zu vergessen.

Kapitel 8: Mila

Ich hatte erst die Hälfte des Kapitels gelesen und bereits zu diesem Zeitpunkt konnte ich nicht mehr denken. Viele Informationen standen darin, die ich nicht glauben wollte. Nach und nach konnte ich die wirren Worte der verrückten Frau deuten und sie passten haargenau mit den Wörtern aus dem Kapitel über Lichtbringer zusammen. Ich hatte das Böse überlebt, die Vampire, die mich töten wollten. So hatte sich mein Wesen mit dem Tansanit gegen das Böse verschworen und wollte dagegen ankämpfen. Natürlich war es überaus selten, vor allem heutzutage, da der Tansanit nicht mehr in geraumen Mengen existierte.

Nachdem ich versuchte der Bibliothekarin das Buch abzukaufen, sie es mir jedoch nur für zwei Wochen ausleihen konnte, verließ ich die Bibliothek kurz vor Ladenschluss.

Bis auf das Erleuchten des Tansanit-Ringes war mir noch nichts untergekommen, was sich seit dem schicksalhaften Tag geändert hatte. Doch laut des Buches gab es einige Veränderungen, die einem Lichtbringer widerfahren, die sich bei der Begegnung mit den mystischen Wesen offenbaren würden.

Ein weiterer Schatten, der im Schein der Straßenlampen an mir vorbeihuschte, unterbrach mich in meinen Gedanken. Diesmal hatte ich den Windstoß noch eindeutiger gespürt als beim letzten Mal. Irgendjemand verfolgte mich. Ich nahm gleich an Geschwindigkeit zu und versuchte, so schnell wie möglich nach Hause zu finden. Das Gefühl verfolgt zu werden, war noch stärker als zuvor und mein Angstgefühl machte mir das rationale Denken in jeder Sekunde schwerer.

Ich bog zügig in die nächste Seitengasse ein, um festzustellen, ob die Schatten mir auch hierher folgen würden. In der Gasse musste ich aufpassen, dass ich beim schnellen Laufen meine Arme nah an meinem Körper hielt, da sie sehr eng war. Ich durfte keine Zeit verlieren. Je weiter ich in die Gasse hineinlief, umso schneller bemerkte ich, wie der Schweiß auf meiner Haut verdunstete. Ich musste mir selbst eingestehen, dass ich nicht die Fitteste war und ich schwor mir, in Zukunft daran zu arbeiten.

Es kam so, wie ich es mir gedacht hatte - ich sah zwei Schatten im dämmernden Licht hinter mir. Was zur Hölle wollen die von mir?

Und sie verschwanden nicht nach wenigen Metern, sondern kamen immer weiter auf mich zu. Erst jetzt bemerkte ich, wie ich automatisch vom langsamen Joggen in ein Rennen übergegangen war und versuchte den Weg, den ich nicht einmal mehr genau kannte, nach Hause zu finden.

Am Ende der Gasse bog ich einmal rechts und zweimal links ab und bemerkte, dass ich mir den Weg nicht so detailliert gemerkt hatte, wie ich sollte. Ich hatte mich verlaufen und die Schatten folgten mir auf Schritt und Tritt.

Als auch diese unbekannte Straße zu Ende war, blieb ich zwischen zwei Häusern stehen, um für einen Moment durchzuatmen. Lange konnte ich nicht mehr in der Gegend herumrennen. Meine Lunge brannte und es war zu wenig Sauerstoff, der pro Sekunde in sie einströmte, um weiterrennen zu können.

Der Gedanke hatte sich jedoch erübrigt. Urplötzlich wurde ich an die nächstgelegene Hauswand gedrückt, eine Hand presste sich auf meinen Mund und erstickte den Schrei, den ich im selben Moment ausstieß.

Kapitel 9: Luke

Ich blickte in Milas angsterfüllte Augen. Ihr standen die Schweißperlen auf der Stirn und ihre Haare waren durch das Rennen noch zerzauster, als es ihre Lockenpracht in normalem Zustand sowieso wäre.

Es dauerte ein paar Sekunden, bis sie realisierte, dass ich es war, der sie gerade wie eine Gefangene an die kalte Hauswand drückte.

Ihre Atmung verlangsamte sich und mit Bedacht nahm ich meine in Handschuhe eingepackte Hand von ihrem Mund. Kurz danach bedeutete ich ihr, kein Wort zu verlieren.

Ebenfalls hätte ich meinen Körper von ihrem etwas distanzieren können, doch ich wollte die Nähe zu ihr spüren, auch wenn die Kleidung viel zu dick war, um ihre nackte Haut wirklich zu fühlen. Ich hatte sie die letzten Wochen zu sehr vermisst. Ihren Herzschlag konnte ich durch die Nähe und ihre Aufregung so stark spüren, dass es sich anfühlte, als würde er in meinen Übergehen - als würden unsere Herzen gemeinsam schlagen.

„Wir müssen hier weg!", flüsterte ich ihr in einem bestimmenden Tonfall zu.

Mila schluckte einmal und begann, mit ihrem Kopf zu nicken. Sie hatte mir damals oft genug etwas über das Haus in Irland erzählt, das ihren Großeltern gehört hatte und in dem sie vorhatten, Urlaub zu machen. Ich konnte es mir nicht verkneifen, Mila kurz zu beobachten, als sie sich auf den Weg zur Bibliothek gemacht hatte. Deshalb wusste ich nun genau, wo sich das Haus der Brennans befand.

Ohne sie um Erlaubnis zu fragen, hob ich ihren leichten Körper an. In der nächsten Sekunde rannte ich los. Ich wusste, dass Mila aufgrund der Geschwindigkeit ihre Augen geschlossen hielt und dieser Moment für sie sofort vorbei sein würde. Doch ich konnte den Moment länger auskosten. Die Kraft, mit der sie ihre Arme und Beine um mich schlug, ihr sanfter Parfumduft, der mir in die Nase stieg und ihren Herzschlag, der durch unseren Sprint immer schneller wurde. Liebend gern wäre ich stundenlang in der Gegend umhergerannt, doch nach wenigen Sekunden waren wir am Haus der Brennans angekommen. Mit einem Ruck blieb ich vor der Haustüre stehen.

Milas verkrampfte Haltung begann sich zu lösen, nachdem sie unsere Ankunft bemerkte.

Nachdem sie von mir abgelassen hatte, schaute sie für einen Moment kommentarlos drein.

„Willst du mit reinkommen?", flüsterte sie immer noch ein wenig benommen, derweil sie sich eine ihrer wilden Haarsträhnen hinter ihr rechtes Ohr strich.

Ich bejahte ihre Frage und folgte ihr in das große Haus. Nachdem Mila die Eingangstür so leise wie möglich geschlossen hatte, deutete sie auf die Treppe, die in das obere Stockwerk führte. Rechtzeitig hatte ich ihre Botschaft verstanden und stand bereits am oberen Ende der Treppe, als ihre Eltern ins Wohnzimmer blickten, um ihre Tochter zu begrüßen. Zuvor hatte ich ihre Eltern nicht kennengelernt, aber man erkannte sofort, dass es sich hier um eine Familie handelte: Die Haare, die Gesichtszüge und ihr Verhalten glichen denen von Mila in jeder Hinsicht.

Nach kurzem Smalltalk, der ihre Eltern beruhigte, hüpfte sie die Treppe mir entgegen hoch, als wäre nie etwas geschehen. Ohne ein weiteres Wort zu verlieren schlich sie an mir vorbei und ging auf ein Zimmer zu, in dem sie zu schlafen schien. Es sah jedoch nicht nach ihr aus, zumindest bis jetzt noch nicht. Ihre Wohnung in Portland war persönlicher eingerichtet. Stapel von Büchern, jede Menge Bilder ihrer Familie und aufeinander abgestimmte Dekoration hatte es wohnlich gemacht. Hier war ihre gesamte Kleidung noch in einem Koffer verpackt, der halb offen unter dem Schreibtisch lag. Das Zimmer war karg eingerichtet, aber ihr Duft lag bereits über allen Gegenständen und richtete das Zimmer auf eine andere Art und Weise ein, die noch viel persönlicher erschien, als irgendein Gegenstand es für mich je sein könnte.

Mila saß auf ihrem Bett und wartete auf eine Reaktion von mir. Ehrlicherweise wusste ich auch nicht, was ich ihr entgegenbringen sollte. Nach allem was passiert war, ergab sich keine Zeit, auch nur einmal über die vergangenen Wochen zu reden.

„Ich weiß nicht, ob du mich überhaupt sehen willst", begann ich vor mich hin zu stammeln. Ich fühlte mich wie im falschen Film. „Aber ich bin nicht ohne Grund …"

„Ich weiß, warum du hier bist", unterbrach sie mich trocken.

Bevor ich nur ein weiteres Wort erwidern konnte, ließ sie die Worte, die sichtlich auf ihrer Seele ruhten, heraus.

„Ihr habt mich zu einem verdammten Lichtbringer gemacht!", schrie sie mir verzweifelt entgegen. Sogar Tränen bildeten sich in ihren Augen. Aber woher wusste sie darüber Bescheid? Ich wusste nicht, was ich erwidern sollte.

Ich setzte mich neben Mila. Die Tränen in ihren Augen zwangen mich, sie anzusehen.

„Woher weißt du davon? Hast du etwas gespürt?", fragte ich sie.

Mila versuchte ihre Fassung zu wahren und wischte sich die Tränen von ihrer Wange.

Nachdem sie noch einmal tief ein- und ausatmete, begann sie, von dem vergangenen Tag zu erzählen, wie eine verrückte Frau an einem Schmuckstand sie bedroht hatte, da ein Ring mit Tansanit anfing zu leuchten, während sie ihn berührte.

„Wann ist es genau passiert? An welchem Tag?", hakte ich nach.

„Vor zwei Tagen, aber warum ist das wichtig?", fragte sie mich irritiert.

„Das passt zusammen ..."

Erneut schaute mich Mila an, als hätte ich den Verstand verloren.

Auch ich atmete nun tief ein, bevor ich meinen Satz beendete. Es hieß nämlich, Mila zu erzählen, was das für sie bedeutete.

„Wir haben gespürt, wie du den Ring berührt hast oder

der Tansanit an deinem Körper verweilte. Wir haben es gespürt, weil ..."

Die Worte kamen mir nur schwer über die Lippen, doch ich schuldete ihr eine Erklärung.

„Weil wir dich fast umgebracht haben", beendete nicht ich den Satz, sondern Tyler, der gerade die Tür hinter sich schließen wollte. Mein Kiefer begann sich zu versteifen. Bis zur letzten Sekunde hatte er mir nicht mitgeteilt, ob er die Reise gemeinsam mit mir antreten wollte, doch ich hatte bereits geahnt, dass er sie ebenfalls bestreiten würde.

Ich ließ meinen Blick mit Absicht nicht zu Mila wandern, da ich Angst vor ihrer Reaktion hatte. Tyler stand zwischen uns - das spürte ich. Doch ich wusste nicht, was in meiner Abwesenheit passiert war, nur, dass es nun nicht mehr so ist wie es zuvor war.

„Ein schmerzhafter Stich ins Herz, der uns zeigt, was für einen Mist wir gebaut haben", sprach Tyler weiter, derweil er sich uns näherte. Er blieb vor uns stehen, aber mit einem diskreten Abstand.

Langsam stieg die Eifersucht in mir gefährlich hoch, auch wenn nichts weiter passierte, als dass Tyler seinen Blick auf Mila warf. Bildete ich es mir nur ein oder zog er sie mit seinen Augen förmlich aus?! Am liebsten würde ich ihm gerade die Kehle zerfetzen!

Das Schweigen zwischen uns drei bestand immer noch, weswegen ich doch einen Blick zu Mila riskierte und es sofort bereute: Sie starrte Tyler an und als sie meinen Blick spürte, wand sie ihren schnell ab und schluckte schwer.

Irgendetwas stimmte hier nicht.

„Kann man den Fluch brechen?", fragte Mila und erlöste uns so vom elenden Schweigen.

„Er kann gebrochen werden, aber es ist nicht so einfach und im Moment auch keine Lösung für dich", begann ich zu erzählen.

Wieder schaute mich Mila fragend an, doch diesmal schwebte ein wenig Wut mit in ihrem Blick. Ich wusste, dass ich mich schwammig ausdrückte, doch ich wollte sie schützen.

„Du musst ein Vampir werden oder sterben", entgegnete Tyler Mila trocken, ohne auch nur eine Gefühlsregung zu zeigen. Manchmal fragte ich mich wirklich, ob er überhaupt noch ein Herz besaß.

Mila schluckte schwer, verständlicherweise.

Ohne weitere Worte zu verlieren, sprang sie wütend von ihrer Bettkante und lief auf die Zimmertür zu. Innerhalb einer Sekunde versperrte Tyler sie und platzierte sich mit verschränkten Armen im Türrahmen.

„Mila …", rief ich ihr nach.

„Du kannst nicht gehen, wir haben da noch ein bisschen was zu besprechen, ist nämlich nicht so ne einfache Sache", plädierte Tyler immer noch festgewurzelt vor der Tür.

„Lasst mich gehen, ich will gerade nicht reden - nicht mit euch!"

Die Worte, mit denen sie ihren Satz beendete, trafen mich mitten ins Herz. Ja, sie waren verständlich, nachdem was passiert war, doch ich wollte sie trotz dessen in meiner Nähe haben. Tyler würde sie sowieso nicht ohne Weiteres gehen lassen.

Mila lief schnurstracks auf Tyler zu, doch er packte sie an den Oberarmen, um sie aufzuhalten. In dem Moment legte Mila ihre Hände gegen seine Arme, um seiner Kraft entgegenzuwirken. Normalerweise würde es Tyler nichts ausmachen, doch nach zwei Sekunden stieß Tyler einen lauten Schrei aus und wich Mila seitlich aus. Bevor ich die Situation auch nur im Geringsten verstehen konnte, war Mila verschwunden und Tyler hielt seine Arme schmerzerfüllt gegen seinen Brustkorb.

Was war da gerade passiert?

„Tyler? Alles in Ordnung?", fragte ich ihn, derweil ich auf ihn zu lief.

„Was war das? Verdammte Scheiße?!", schrie er, während er langsam seine Arme freigab.

Fassungslos starrte ich auf die Verletzungen, die Mila auf seinen Armen angerichtet hatte: Ihre Hände waren darauf abgebildet und die Wunde, die nur die oberflächliche Haut betraf, schimmerte sanft blau.

Tyler starrte die Wunden, die immer noch nicht verheilt waren, ebenso an.

„Ich habe es während der Berührung blau aufleuchten sehen."

Das war der einzige Satz, den Tyler hervorbrachte, doch er reichte, um mich und mein Herz in große Panik zu versetzen.

Der Tansanit gehörte nun zu Mila. Für ihren Schutz konnte das von Vorteil sein, doch in mir regte sich die blanke Angst, denn eigentlich wollte ich mich nach der Entführung durch Tyler dem Gestein nie wieder nähern.

Kapitel 10: Mila

Was passierte gerade mit mir? Die Frage schwirrte seit Minuten, nein eigentlich seit Stunden in meinem Kopf herum und ich konnte sie nicht greifen, nicht beantworten. Mit schnellen Schritten stürzte ich die Treppe hinunter ins Erdgeschoss, in dem ich eine weitere Treppe in den Keller nahm. Mein Herz raste mindestens im selben Tempo wie meine Schritte, sodass mir schon ganz übel wurde. Im Untergeschoss angekommen, bog ich die erste Türe links ab und schloss sie hinter mir. Ich atmete schwer und presste meinen Körper gegen die geschlossene Tür, um meinen Puls bestimmend zu verlangsamen.

Nun leuchtete der Tansanit nicht nur blau auf, wenn ich ihn berührte, er war auch in mir. Ich konnte nicht sagen, ob mir das zurzeit mehr Angst oder Freude bereitete.

Ich wusste nicht mehr wohin mit meinen Gefühlen. Dass ich mich nach dem Unfall anders fühlte, wusste ich und das hatte ich im Krankenhaus gemerkt, doch was sich genau verändert hatte, konnte ich nicht feststellen. Als ich zu Kräften gekommen war, fühlte ich mich stärker als zuvor - aber auch mehr Wut steckte in meinem Körper. Mehr Wut gegen diejenigen, die ich eigentlich liebte. Im ersten Moment hatte ich vermutet, dass es an Tylers und Lukes Angriff lag, dass ich wütend war. Doch mittlerweile glaubte ich zu spüren, dass die Wut tiefer in mir steckte. Als wäre es egal, was sie tun oder nicht tun würden. Ich musste die Wut gegen sie richten. Doch so gut es mir gelang, versuchte ich die Wut zu verdrängen. Das war nicht ich. Das war mein neues Ich, dass ich nicht sein wollte. Ich musste meine Gedanken zusammenhalten und versuchen, jede Situation klar und neutral zu beurteilen.

Die Tür und der Boden, die meinen Körper berührten, brachten mittlerweile eine Eiseskälte unter meine Haut und ich begann zu frösteln. Die Zeit, die ich an der Tür kauerte, fühlte sich wie eine Ewigkeit an. Langsam erhob ich mich aus meiner steifen Sitzposition und begab mich zu einem der Sofas, die den kargen Raum bestückten. Meine Eltern hatten mir den Raum an meinem Ankunftstag hier in Irland gezeigt. Sie meinten, hier könnte ich gern „abhängen", wenn ich „Bock drauf hätte". Auch jetzt verdrehte ich wieder meine Augen und trotz all der Wut entwich mir ein kleines Lächeln.

Ich ließ meinen Körper auf die Couch fallen, was ich im Moment unendlich gut anfühlte. Weich und gemütlich. So wie mein Leben im Moment nicht war. Während ich in meinen Gedanken versank und versuchte meine Gefühle zu ordnen, klopfte es an der Tür.

„Herein", rief ich mit belegter Stimme, auch wenn ich eigentlich niemanden sehen wollte. Für wenige Sekunden blieb die Tür geschlossen, bis sie sich langsam öffnete und Luke seinen Kopf hereinsteckte.

„Darf ich reinkommen? Ich bin allein … und ich will nur reden", flüsterte er. Ein Flehen lag in seiner Stimme.

Ich nickte nur.

Langsam öffnete Luke die Tür, trat ein und kam auf

mich zu. Er blieb vor der Lehne der Couch stehen und beobachtete mich, ohne auch nur ein Wort zu verlieren.

„Setz dich", bot ich ihm an, auch wenn ich nicht wusste, ob ich seine Nähe im Moment ertragen konnte. Wenn er neben mir stand, machte mich das noch nervöser. Zögernd nahm Luke das Angebot an und setzte sich auf die Lehne.

„Mila ich weiß, dass wir dir das alles eingebrockt haben und du uns vielleicht gerade nicht gern in deiner Nähe hast, aber wir müssen ein wenig zusammenarbeiten. Ich weiß nicht, wie viel du bereits über Lichtbringer in Erfahrung gebracht hast, doch der Tansanit hilft dir nicht nur … ich weiß nicht, wie ich es am besten erkläre … ", versuchte Luke seine Worte zu sortieren.

Doch ich wusste genau, was er mir erklären wollte. Ich hatte genug in der Bibliothek gelesen.

„Hat es weh getan … also als ich den Tansanit das erste Mal berührt habe?", fragte ich ihn, ohne seine Erklärung abzuwarten.

Es dauerte eine Weile, bis Luke das Wort wieder ergriff.

„Ja, aber der schlimme Schmerz im Herz erscheint nur bei der ersten Berührung, dann, wenn du zum Lichtbringer erkoren wirst. Also ist es nicht mehr wichtig."

„Für mich ist es aber wichtig", versuchte ich ihm zu erklären, beugte mich gleichzeitig nach vorn und griff nach seinen Händen.

Meine nicht kontrollierbaren Gefühle sagten mir, dass der Griff nach seinen Händen der richtige Weg sei, denn ich konnte seine Gefühle an seinem Gesicht ablesen: Der

Schmerz, den er in diesem Moment verspürt hatte, war bei ihm wie eingraviert und er musste stark gewesen sein.

Doch ich konnte seine Hände nicht an meinen spüren. Stattdessen stand Luke hinter der Seitenlehne der Couch in leicht geduckter Haltung.

Jetzt sah man nicht nur den Schmerz, der sich zuvor auf seinem Gesicht abgezeichnet hatte, sondern auch Angst – und zwar Angst vor mir.

„Luke, was ist mit dir?", fragte ich vorsichtig, während auch ich mich von der Couch erhob. Im selben Zug entfernte sich Luke einen weiteren Schritt von mir.

„Mila, bitte. Ich will dich mehr als alles andere, doch ich ertrage diese Schmerzen gerade nicht. Die letzten Wochen hat mir der Tansanit genug zugesetzt und das schaffe ich jetzt nicht noch einmal. Wir müssen erstmal Herr über die ganze Lichtbringer-Sache werden. Treffen wir uns morgen um 14:00 Uhr im Temple, das ist ein Café hier um die Ecke. Dann schauen wir nach Lösungen, ist das in Ordnung?", stotterte Luke seine letzten beiden Worte und ohne eine Antwort von mir zu erwarten, drehte er mir den Rücken zu und war im nu verschwunden.

Genauso verschwunden, wie der Regler meiner Gefühle, die mich gerade um den Verstand brachten. Ich sollte mich mit ihnen treffen. Nur so konnten wir gemeinsam die neue Situation studieren, aber alles war anders. Die letzten Wochen hatten alles verändert und ich fühlte mich hin- und hergerissen. Der Tansanit steuerte zu meiner Verwirrung bei, denn seine Auswirkung auf meine

Gefühle waren nicht nur geringfügig stark. Ich schüttelte den Kopf über mich.

Was wollte ich überhaupt? Wollte ich den Tansanit in mir oder wollte ich ihn nicht? Sollte ich das Dunkle bekämpfen oder sollte ich nicht?

Innerlich drehte sich alles, bis ich mich irgendwann auf die Couch kauerte und einfach einschlief.

Kapitel 11: Mila

Der nächste Morgen flüsterte mir unangenehm zu, dass das Schlafen in Embryonalstellung auf einer veralteten Couch nicht die beste Idee für meinen Körper gewesen war. Als ich meine müden Knochen endlich aufgerafft hatte, schlich ich mich zu meinen Eltern hoch ins Wohnzimmer.

Während ich mit ihnen zusammen am Frühstückstisch saß, versuchte ich in ihren Gedanken zu lesen, wie viel sie vom gestrigen Abend mitbekommen hatten. Doch ihre Blicke waren entspannt, nicht neugierig und schon gar nicht besorgt. Sie freuten sich über ihre freie Zeit hier in Irland. Sie sprachen über alles, aber nicht über mich. Die Brüder hatten sie manipuliert, eindeutig.

„Was hast du heute vor, Schätzchen?", fragte mich meine Mutter, derweil sie sich übermäßig viel Marmelade auf ihre Brötchenhälfte schmierte.

„Ich gehe mit ein paar Fr ... ich gehe in ein Café ... ein bisschen entspannen", versuchte ich mich im letzten Moment zu retten. Es war ja im engsten Sinne keine Lüge und ich sollte sie so gut es geht heraushalten.

Nachdem ich noch ein wenig gezwungenen Smalltalk mit meiner Mutter gehalten hatte, begab ich mich in das viel zu große Badezimmer neben meinem Schlafzimmer. Der Raum erschien mir fast steril, denn er war komplett in Weiß gehalten und ich fühlte mich hier noch immer fremd. Wie lange würde es dauern, bis ich das Haus als mein Zuhause ansehen würde? Insgesamt fühlte ich mich noch unwohl, was aber auch an der Nacht auf der ungemütlichen Couch liegen konnte. Ich kam mir schmutzig vor, was mich sofort in Richtung Dusche trieb.

Nach einer ausgiebigen Dusche fühlte ich mich besser, doch die Nacht steckte mir noch in den Knochen.

Ich zog mir eine gemütliche schwarze Jeans an und eine blaue Bluse. Blau wie der Tansanit, schoss es mir in den Kopf. Tief atmete ich durch. Es würde mich überall hin verfolgen, wenn wir uns nicht eine Lösung dafür überlegten. Ich schlenderte zu meinem Nachtschränkchen, auf dem der Tansanit-Ring lag. Spielend ließ ich den Ring durch meine Finger gleiten. Kurz ließ ich ihn auf meinen Ringfinger fallen, sodass er sich perfekt an diesen schmiegte. Sofort erfüllte eine Stärke meine Finger und breitete sich in meinem Körper aus. Plötzlich fühlte ich mich nicht mehr schwach und gerädert, sondern stark und die Kraft nahm immer mehr zu. Ich bekam nicht nur mehr Kraft, auch meine Gefühle schienen sich zu verändern und als ich mein Bett berührte, spürte ich das Holz fast in mich übergehen. Es war wie bei den Vampiren, der Ring schien vieles zu verstärken.

Schnell nahm ich ihn mir wieder vom Finger und keuchte auf.

Das war zu viel auf einmal. Die Gefühle, Gedanken und die Stärke überfluteten mich bis in jede Zelle. Ich atmete tief ein, um meine Lunge mit Luft zu füllen und befahl meinem Körper zu entspannen.

Nachdem ich eine Weile in meinem Zimmer verbracht

hatte, um mir Gedanken über den Ring zu machen, mir anschließend noch ein leichtes Make-Up aufgelegt hatte, steckte ich den Ring in meine Hosentasche und machte mich auf den Weg zum Café. Mein Herz schlug schneller, je näher ich kam, auch wenn es sich nur um ein harmloses Treffen handelte. Es war nur für die Suche nach der Lösung des Problems da. Das Problem, was aus mir bestand und das die Brüder verursacht hatten. Nicht für mehr und nicht für weniger.

Als ich die Tür zum Café öffnete, wurde mein Besuch mit einem Klingeln angekündigt. Der Duft nach Kakao, Zimt und frischen Pancakes umspielte meine Nasenflügel und stimmte mich gleich glücklicher. Eine wohlige Wärme machte sich in mir breit.

In der hintersten Ecke sah ich Luke und Tyler sitzen. Beide trugen ein schwarzes Hemd. Tyler war ganz in schwarz gekleidet, Luke hingegen hatte eine helle Jeans an und seine Haare zu einem Dutt hochgebunden. Vor beiden stand eine Tasse Kaffee. Schweigend saßen sie dort und als ich sie erblickte, wandten sie sich mir zu. Egal wie vertraut ich mit beiden war, eine Gänsehaut begann sich auf meinem Körper auszubreiten und meine Finger fingen an zu zittern. Ich verschränkte meine Arme, sodass sie es hoffentlich nicht bemerkten und ging auf sie zu.

Ohne eine Begrüßung gesellte ich mich zu ihnen an den runden kleinen Tisch und deutete dem Kellner, dass ich eine Tasse Kaffee bestellen würde.

„Okay, habt ihr schon eine Lösung für das tolle Lichtbringer-Problem?", fragte ich vorsichtig. Selbst meine

Stimme bebte sanft. Spätestens jetzt mussten sie meine Unsicherheit bemerkt haben, doch vielleicht waren sie einfach so freundlich und sagten nichts dazu.

Schlimmer konnte die Situation sowieso nicht werden. Ich wusste nicht, wie viel Luke von Tyler und mir ahnte oder vielleicht sogar wusste. Auch wusste ich nicht, ob sich Luke mir in der nächsten Zeit noch einmal nähern würde, solange ich sie verletzten konnte. Die unbekannte Gabe oder Macht in mir machte das alles nicht einfacher.

„So einfach ist das nicht, Mila", fing Luke gedämpft an zu sprechen.

„Es würde vielleicht helfen, wenn du uns verrätst, welche neuen Superkräfte du bekommen hast", wandte sich nun Tyler an mich. Sein Grinsen war frech, doch ich wollte nicht darauf eingehen, also überlegte ich, wie ich ihm die Frage am besten beantworten könnte.

„Ich weiß nicht, was ich alles kann oder können sollte. Aber anscheinend kann ich euch mit manchen Berührungen verletzen und ich habe gelesen, dass ihr mich nicht manipulieren könnt, wenn ich den Tansanit an mir trage. Aber das ist ja nichts Neues", sagte ich und schaute Tyler dabei an. Er wusste genau, was ich meinte und er sollte meine Wut durch meinen Blick zu spüren bekommen. Irgendwann musste er erfahren, wie weh es mir getan hatte, im Aufzug alles mitbekommen zu haben. Jedes Wort, jede Berührung und jede Tat.

Als der Kellner meinen Kaffee servierte, durchbrach er für einen kurzen Moment die starke Spannung zwischen Tyler und mir. Sein Blick glitt zurück auf die Tasse, die vor ihm stand und ich begann ebenfalls meine anzustarren.

Der Geschmack gut gerösteter Kaffeebohnen breitete sich in meinem Mund aus und ich versuchte wieder klare Gedanken zu fassen.

Ich holte den Tansanit-Ring aus meiner Hosentasche und legte ihn vor mir auf den Tisch.

„Ich fühle mich anders, wenn ich den Ring trage", erzählte ich, weil die Brüder die einzigen waren, die vielleicht etwas über die Veränderung meiner Gefühle in Erfahrung bringen konnten.

„Inwiefern?", fragte Tyler interessiert.

„Er lässt das Licht in dir leuchten und es gibt dir Kraft. Die Kraft, die du benötigst, um die dunklen Kreaturen zu zerstören. Es gibt dir die Macht rein zu sein, bringt die Schönheit von innen zum Leuchten und macht dich so zu einem anziehenden und gefährlichen Geschöpf", sprach Luke mit einem gewissen Maß an Ehrfurcht aus.

Luke und Tyler blickten mich an, als hätten sie mich noch nie zuvor gesehen. Sie konnten ihren Blick plötzlich nicht mehr von mir wenden und starrten mich mit leicht geöffneten Mündern an, nachdem ich den Ring unbemerkt auf meinen Finger gezogen hatte.

Schlagartig nahm ich den Ring wieder ab und mein rasendes Herz wurde merklich langsamer. Luke und Tyler räusperten sich gleichzeitig als sie bemerkten, dass sie mich unentwegt angestarrt hatten.

„Du darfst den Ring nicht so oft anziehen oder eng an dir tragen", entgegnete mir Luke, nachdem er seine

Stimme wiedergefunden hatte, „Vampire können dich sonst schneller finden. Es ist wie eine Standortmarkierung für dich. Vielleicht nicht der Tansanit in dir drinnen, aber der Ring als magische Reliquie wird dich schneller ausfindig machen für andere. Wie an dem Abend, an dem ich dir in der Gasse gefolgt bin. Ich war nicht der Einzige, der eine Spur zu dir hatte, aber das hast du ja selbst gemerkt. Wir brauchen Zeit, um einen Plan auszuarbeiten."

„Von wem sprichst du? Welche Vampire sollten mich finden wollen?"

„Hier auf Irland gibt es genug Völker, die ..."

Doch bevor Luke meine Frage zu Ende beantworten konnte, ertönte die Klingel an der Eingangstür erneut und eine Hand voll Leute kehrten in das mager besetzte Café ein.

„Fuck", war das Einzige, was Tyler herausbrachte und es reichte, damit Luke und ich den Leuten mehr Aufmerksamkeit entgegenbrachten.

„Das sind Vampire", flüsterte Luke, so unbemerkt wie es ihm möglich war, um keine Aufmerksamkeit auf uns zu ziehen.

Die nächsten Aktionen waren für mich kaum wahrnehmbar, doch nach wenigen Sekunden erkannte ich das Resultat daraus: Es dauerte keine zehn Sekunden, da hatten sich vier von den neuen Gästen an den Mitarbeitern des Cafés vergriffen und saugten bereits an ihren Hälsen.

„Was geht hier vor? Warum tun sie das in der Öffentlichkeit?", fragte ich entsetzt.

Kurz hintereinander ertönten laute Schläge, als die

fremden Vampire die Körper der unschuldigen Menschen auf den Boden fallen ließen und sich uns näherten.

„Bring Mila in die Küche, Tyler und lass sie nicht aus den Augen. Na los!", zischte Luke uns zu.

Als Tyler meinen Arm packen wollte, riss ich ihn noch schnell genug weg, damit er sich nicht erneut verletzte. Er verstand zum Glück, was ich ihm mit meiner Bewegung sagen wollte und ließ mich selbst in Bewegung setzen.

Bevor uns die ganze Truppe im Blick hatte, bogen wir in den Seiteneingang der Küche ein und ich presste mich an die nächste freie Wand, die in Sicht war.

Mein Brustkorb hob und senkte sich viel zu schnell und mein Herz raste wie wild.

„Was wollen die von uns?", fragte ich Tyler, der beschützend vor mir stand.

Sekundenlang starrte ich ihn an, doch ich bekam keine Antwort von ihm.

„Tyler?! Rede mit mir!", entfuhr es mir wütend.

Tyler setze für eine Antwort an, doch plötzlich drückte er mich fest an die hinter mir liegende Wand. Seine rechte Hand presste er mir gegen meinen Mund, sodass nicht einmal der Schrei, den ich vor Schreck ausstieß, zu hören war.

„Ganz einfach, du bist dafür da, sie umzubringen. Natürlich wollen die Blutsauger dich loswerden. Außerdem bist du durch den Ring unwiderstehlich und gefährlich - eine wirklich anziehende Kombination, wenn du mich fragst." Als Tyler die letzten Worte aussprach, entfuhr ihm dabei ein Knurren, dass meine Wut auf ihn ein wenig unterdrückte und mein Verlangen nach ihm steigerte.

Entsetzt legte ich meine Hand auf seine, die immer noch gepresst auf meinem Mund verweilte.

„Mila, sei einfach mal kurz leise, dann wäre es ein wenig einfacher hier im Verborgenen zu bleiben", zischte er mich an.

Schwer presste ich meine Worte, die ich Tyler in diesem Moment an den Kopf werfen wollte, gegen seine Handinnenfläche.

„Na gut. Du gibst ja sowieso nicht nach", quittierte er, rollte seine Augen und ließ langsam seine Hand sinken.

Keuchend begann ich zu lachen, natürlich so leise wie möglich. Tyler sah mich verwirrt an und wartete auf eine weitere Reaktion von mir.

„Wir berühren uns und ich verletze dich nicht", stieß ich freudig hervor.

Tylers Mundwinkel begannen sich nach wenigen Sekunden zu heben, auch wenn nicht sehr hoch. Sein Blick wanderte an meinen Körper herunter und dann an seinem, womöglich um zu schauen, ob sich etwas verändert hatte. Doch keiner war verletzt. Es war wie vorher. Wie zu der Zeit, bevor sich alles verändert hatte.

„Du hast recht."

Mit einem Mal nahm er meine Hand, mit der ich zuvor seine berührte und hob beide in die Höhe, als müsste er es mit eigenen Augen sehen. Ohne ein Wort zu sagen ließ Tyler seinen Daumen vor unseren Augen über meinen Handrücken streichen. Das Kribbeln, das das Streicheln erzeugte, zog sich durch meinen ganzen Körper.

„Und wenn du mir mit deinen Berührungen wehtun würdest, hätte ich es verdient", stieß Tyler quälend hervor. Seinen Griff lockerte er trotzdem nicht. Ich selbst konnte meinen Blick nicht von unseren Händen wenden. Auch wenn er recht behielt, trafen seine Worte direkt in mein Herz. Die Reue, die er mir zeigte, hatte ich zuvor nie bei ihm gesehen.

„Ich hoffe, du kannst mir irgendwann verzeihen", flüsterte er und mein Herz, das eigentlich mit Stahl ummantelt sein sollte, machte einen Sprung in die Luft, als er unsere Finger miteinander verschränkte. Er brachte meinen Atem zum Stocken.

„Tyler, ich ..."

„Sie sind weg", unterbrach uns Luke, der mit einem undefinierbaren Blick zwischen uns beiden hin und her schaute. „Sie wollten nur etwas abgeben."

Ruckartig entzog ich Tyler meine Hand und lief auf Luke zu.

„Geht es dir gut?", fragte ich ihn und wollte auf seinem Körper nach Unversehrtheiten suchen, doch Luke schreckte wieder einen Schritt vor mir zurück.

„Bei mir ist alles in Ordnung, wir haben aber ein viel größeres Problem", erzählte er. Dabei wedelte Luke mit einem Stück beschriebenen Papier.

„Was ist das?", fragte Tyler, der sich mittlerweile zu uns gesellt hatte.

„Das wird dir nicht gefallen, Bruder", begann Luke zu sprechen und machte eine unausstehliche Pause.

„Gwen ist wieder da."

Kapitel 12: Luke

So schnell es uns möglich war, machten wir uns auf den Weg zu Mila nach Hause, damit ich ihnen in Ruhe von dem Schreiben berichten konnte. Auch wenn ich wusste, dass ich heute nichts mehr in Ruhe auf die Reihe bekommen würde, musste ich versuchen, meine Gefühle im Zaum zu halten. Denn eigentlich war ich wütend - sehr wütend. Die Angst, die ich vor Milas Kräften hegte, unterdrückte dennoch nicht meine Gefühle für sie. Ich liebte sie immer noch und als ich Tyler und Mila mit verschränkten Fingern gesehen hatte, wusste ich, dass ich mich nicht getäuscht hatte. Zwischen ihnen war etwas, auch wenn ich noch nicht genau wusste, wie stark es ausgeprägt war.

Doch Tyler und ein Mensch? Das konnte nicht sein, niemals würde er sich wieder auf so etwas einlassen, vor allem keine Beziehung. Tyler hatte alle Gefühle, außer Wut und Hass, tief in sich begraben, da war ich mir sicher oder bis zum heutigen Tag zumindest sicher gewesen.

Mila war erleichtert, dass ihre Eltern unterwegs waren und bat uns diesmal von sich aus an, auf der Couch des Wohnzimmers Platz zu nehmen. Abseits von uns beiden setzte auch sie sich auf einen Sessel. Ihr war die Erschöpfung ins Gesicht geschrieben. Augenringe zierten ihr zärtliches Gesicht und immer wieder fuhr sie sich mit ihren Händen durch dieses. Wie schwierig das alles für sie sein musste. Doch sie versuchte sich auf mich zu konzentrieren, während ich den Zettel aus meiner Hosentasche zog und entfaltete. Vorsichtig schob ich ihn Mila auf dem gläsernen Couchtisch entgegen.

Während sie den Brief las, verfinsterte sich ihre Miene immer mehr. Gegen Ende kullerte langsam eine Träne ihre Wange herunter und sie schluchzte, als sie den Brief mit Wut auf den Tisch schlug.

„Das darf nicht wahr sein, nicht Jenna ... bitte nicht!", schrie sie vor sich hin, während sie die Arme über dem Kopf zusammenschlug und in sich zusammenfiel. Nun liefen weitere Tränen ihre Wange herunter und sie bebte vor Trauer und Wut.

Mein Drang sie zu trösten war groß, doch die Angst kroch in mir hoch, sodass ich weiterhin zögerte.

„Mila, es tut mir leid", flüsterte ich.

Kurz schaute sie aus ihren verschränkten Armen auf und ihre blauen Augen strahlten nicht mehr. Sie waren getränkt von tiefer Trauer, die in Form von Tränen ununterbrochen aus ihnen hinausliefen. Es brach mir schlichtweg das Herz.

Angespannt erhob ich mich. Milas Augen hefteten sich an mich.

„Ich werde Jenna finden und sie zu dir bringen."

Das war ich ihr schuldig, wenn ich nicht anders für sie da sein konnte.

„Rede keinen Unsinn, Luke. Wir gehen zusammen", mischte sich Tyler ein, nachdem er den Brief ebenfalls gelesen hatte. Die Wut brannte mir in der Seele, als sich Tylers Stimme in mein Gehör schlich.

„Nein. Du bleibst bei Mila. Sie darf nicht allein sein, es ist zu gefährlich. Ich gehe alleine. Ihr schafft das auch ohne mich." Der letzte Satz verließ meinen Mund mit Bitterkeit, doch bevor ich genauer überlegen konnte, hatte er ihn schon verlassen.

Mila erhob sich nun ebenfalls und schaute mir direkt in die Augen.

„Geh nicht alleine, Luke. Wir finden eine Lösung, wie wir Jenna gemeinsam daraus holen", versuchte sie mit zitternden Lippen zu sagen, „verschwinde nicht noch einmal, bitte."

Ihre letzten Worte taten mir im Herzen weh. Ich wusste, sie meinte meine Zeit im Kerker, in der ich sie allein gelassen hatte.

„Wenn du jetzt noch einmal verschwindest, dann …"

Sie musste ihren Satz nicht beenden. Ich konnte es in ihren Gedanken lesen, dass unsere Zukunft sich dann nur noch schwerwiegender gestalten würde. Doch daran war ich nicht allein schuld. Mit dem Gefühl, das ich vor Anspannung innerlich gleich platzen würde, musste ich das loswerden, was mir die gesamte Zeit auf dem Herzen lag.

„Falls du dich erinnerst, war Tyler daran schuld, dass ich nicht bei dir sein konnte. Das habe ich nicht entscheiden können. Und ja, vielleicht ist er nun auch wieder der Grund, weshalb ich verschwinde. Aber ich bin es dir schuldig, deine Freundin zu finden, denn ich habe verdammt nochmal Gefühle für dich und ich möchte, dass du wieder ein normales glückliches Leben führen kannst, welches wir dir zerstört haben. Ob das mit mir, Tyler oder ohne uns stattfindet, ist allein deine Entscheidung. Aber ich bitte dich, meine Entscheidung zu akzeptieren."

Während Mila nach meinen Worten noch viele weitere Tränen über die Wangen liefen, ließ ich beide im Haus der Brennans zurück und begab mich auf den Weg, Jenna zu finden.

Kapitel 13: Mila

An die vergangenen Minuten konnte ich mich nur verschwommen erinnern. Gerade ließ ich das Wasser aus dem Duschhahn auf mich herunterprasseln, als könnte es die jetzige Situation einfach von mir abwaschen. Niemals wollte ich jemanden aus meiner Familie oder von meinen Freunden in diese Welt hineinziehen und doch war Jenna nun in den Händen von Gwen. Als ich Lukes Tagebücher gelesen hatte, kam Gwen mir ziemlich gefährlich vor, aber auch so weit weg. Und jetzt war sie wirklich hier und Jenna war bei ihr. Ich konnte nur inständig hoffen, dass es ihr gut geht. Wenn nicht, könnte ich mir das niemals verzeihen. Doch wie sollte Luke die beiden jemals finden? Und vor allem heil wieder zurückkehren?

Nachdem meine Haut verschrumpelt war, begab ich mich aus der Dusche. Mit nassen Haaren und nur mit einem Handtuch um meinen Körper, ging ich in mein Schlafzimmer.

Ich war nicht einmal überrascht, Tyler dort vorzufinden, sodass ich ihn für einen Moment einfach ignorierte. Mir war nicht nach Reden zumute, nicht in dem Moment, in dem die Trauer gerade so über mich hereinstürzte. Kommentarlos suchte ich mir ein paar gemütliche Kleidungsstücke aus meinem Kleiderschrank. Als ich die Schranktür schloss, stand Tyler plötzlich direkt hinter ihr. Verdammt.

„Musst du mich so erschrecken?", funkelte ich ihn

wütend an, „darauf kann ich heute wirklich verzichten!"
Empört zeigte ich auf ihn, selbst erschrocken darüber,
was ich sah: Meine Fingerspitzen glühten blau.

Trotzdem näherte Tyler sich mir.

„Es ist die Wut, die den Tansanit in dir auslöst. Die Wut
gegen Vampire." Tyler klang nicht wütend oder ängst-
lich, sondern eher neugierig.

„Es kommt und geht. Egal, ob ich den Ring trage oder
nicht. Alles ist anders als zuvor. Ich kann es aber nicht
kontrollieren", entgegnete ich ihm mit zusammengebis-
senen Zähnen und schlug die Schranktüre zu.

„Du kannst das. Ich glaube daran." Tyler war wirklich
optimistisch und das machte mich umso wütender. Wie
konnte er nur so gelassen bleiben, wenn alles Kopf stand?

Wie auch am heutigen Vormittag hob er wieder seine
Hand.

„Ich würde dir nur wehtun", zischte ich ihn an, miss-
achtete seine Geste und flüchtete ins Badezimmer.

Hinter der Türe sackte ich zusammen. Meinen Packen
Kleidung schmiss ich in die Mitte des Zimmers und schrie
wütend auf. Verdammter Mist, warum musste alles so
kompliziert sein?!

Kurz spürte ich eine Erschütterung an der Tür hinter
mir.

„Mila, lass uns üben. Du musst lernen diese Kräfte zu
kontrollieren", hörte ich Tyler auf der anderen Seite der
Tür rufen.

„Ich will diese Kräfte aber nicht", rief ich. Ich war so
unglaublich wütend und traurig, dass ich mich einfach

nicht mehr beruhigen wollte.

Ich spürte, wie sich eine Träne meine Wange entlang schlich. Zügig wischte ich sie weg, doch ich bemerkte dabei ein wohlig warmes Gefühl auf meiner Haut. Es fühlte sich beinahe gut an, bis ich auf meine sanft blau leuchtenden Fingerspitzen schaute. Einerseits brachten sie mir Gefühle, die mich mit Wärme umschlungen und sanft in eine Decke einwickelten. Mit ihnen fühlte ich mich geborgen. Doch andererseits ließ diese Wärme die Wut in mir aufkochen, sodass sie jeden Moment übersprudeln konnte.

„Mila?", hörte ich Tyler fragen. Doch diesmal war es nicht mehr der einfühlsame Tyler. Ein genervter Unterton lag in seiner Stimme.

„Also entweder du kommst von selbst da raus oder ich trete die Tür ein - deine Entscheidung", betonte er gekonnt.

Manchmal war er wirklich eine Nervensäge. Rasch zog ich mir meine mitgebrachte Kleidung an.

Mit einem Ruck riss ich die Badezimmertür auf. Tyler saß mittlerweile nicht mehr auf der anderen Seite, sondern auf einem Sessel auf der gegenüberliegenden Hälfte des Zimmers.

„Geht doch, ein bisschen mehr Motivation bitte", appellierte Tyler und klatschte dabei provozierend langsam in die Hände.

„Du bist ein Idiot, hat dir das schon einmal jemand gesagt?", brachte ich ihm sarkastisch entgegen. Vielleicht steckte auch ein Funken Wahrheit in meiner Aussage. Das wusste Tyler aber mit Sicherheit.

Binnen einer Sekunde erhob er sich aus dem Sessel und lief mit verschränkten Armen quer durch den Raum.

„Ach Mila, das haben mir schon einige Leute an den Kopf geworfen. Wahrscheinlich könnte ich sie nicht mal mehr an einer Hand abzählen." Er lachte kurz auf, doch das Lachen legte sich sofort wieder.

„Vermutlich hat Luke die Anzahl an Beleidigungen hochgetrieben. Und wenn Jenna nicht manipuliert gewesen wäre, hätte sie das Wort Idiot auch ein paar Mal erwähnt, da bin ich mir sicher."

Ich nahm einen Schluck Wasser aus der Flasche, die neben meinem Bett stand und setze mich, um wieder ein bisschen zur Ruhe zu kommen, auch wenn seine Worte mich aufbrachten.

„Wieso Jenna?"

Seine Augen funkelten, doch ich konnte die Gefühle darin nicht deuten.

„Jenna rastet wegen ein paar Blutbeuteln nicht aus. Du kennst sie nicht", korrigierte ich ihn, bevor er etwas sagte. Dort waren sie sich begegnet. Aber so war sie nicht.

„Auch nicht, wenn es um ihr eigenes Blut geht?"

Ich hörte meinen eigenen Puls in meinen Ohren schlagen. Was hatte er da gerade gesagt?

„Was. Hast. Du. Getan?", fragte ich ihn, jedes Wort einzeln in die Länge gezogen.

„Ich habe von ihr getrunken, weil dein Blut mich verrückt gemacht hat, bevor ich ein paar Sachen erledigt und Luke in Dr. Mantus' Keller besucht habe. Wie oft Luke mir dieses Wort allein entgegengebracht hat, als ich ihn dort unten eingesperrt hatte …", begann er belanglos zu erzählen. Auf meiner Haut stellte sich in der Sekunde jedes einzelne Haar auf und eine Gänsehaut durchfuhr meinen ganzen Körper. Ein Schauder lief mir über den Rücken. Bis jetzt hatten wir nicht über die Vorfälle vor meinem Krankenhausaufenthalt gesprochen und die Emotionen überfielen mich schlagartig. Jenna. Er hatte Jenna gebissen.

„Na gut, Idiot war vermutlich das netteste Wort, mit dem er mich gepeinigt hatte", erzählte Tyler vor sich hin und lachte selbstgefällig.

Ruckartig erhob ich mich vom Bett und preschte auf ihn zu.

„Hör auf damit!", forderte ich ihn auf.

"Ach richtig, ja, das hat er auch zu mir gesagt. Wie konnte ich das nur vergessen?", schnaubte er und zog seine Mundwinkel zu einem Grinsen hoch, sodass mir Galle die Speiseröhre hochtrieb.

In nur drei großen Schritten stand ich direkt vor Tyler, der bequem an der Zimmertür lehnte.

„Wenn du dich noch einmal darüber freust, wie du deinen Bruder fast bis zum Tod gequält hast und mir erzählst, wie du das Blut meiner besten Freundin geraubt hast, dann …"

„Was dann?", unterbrach er mich mit einem süffisanten Grinsen auf den Lippen.

„Dann zerreiße ich dich in tausend Einzelteile!", schrie ich und schlug dabei mit aller Kraft gegen die Tür neben Tylers Arm. Das Blut pulsierte in meinen Adern und meine Schläfen pochten so laut, dass ich nichts anderes mehr wahrnehmen konnte als dieses Geräusch und meinen Atem.

„Tu, was du nicht lassen kannst. Tu mir weh, wenn dir danach ist, aber eigentlich wollte ich nur versuchen, ob es auch wirklich funktioniert. Und es funktioniert besser, als ich gedacht hätte", erklärte er mir, während er gleichermaßen seinen Blick auf meine Hände richtete. Ich versuchte mich zu beherrschen, um seinem Blick zu folgen und erst dann begriff ich, dass er mich einfach nur provozieren wollte. Diesmal zeigte sich das Blau nicht nur leicht an meinen Fingerspitzen, sondern meine Hände glühten strahlend blau, bis hin zu meinen Handgelenken. Weiter in Richtung meines Oberarms verließ mich das Blau und ging wieder in meine natürliche Hautfarbe über.

Ich schluckte und mein trockener Hals ließ mich vorerst nicht zu Wort kommen. Ich musste meine Wut in den Griff bekommen, sonst wäre ich keinen Deut besser als er.

„Ich werde dir nicht wehtun … nicht absichtlich", verbesserte ich mich letztendlich, auch wenn mich die Erkenntnis, dass er Jennas Blut getrunken hatte, wirklich schockierte.

„Woher der Sinneswandel?" Das Lächeln, das nun seine Lippen umspielte, war nicht aus Bosheit entstanden, sondern schien rein und echt zu sein. Hatte er wirklich geglaubt, dass ich ihn dafür bestrafen würde?

„Du hast es nicht verdient."

Irritiert schaute Tyler mich an. Selten konnte ich seine Emotionen so offensichtlich entgleisen sehen. Doch sofort wurde sein Gesichtsausdruck wieder ernst und ja, irgendwie nachdenklich.

„Du brauchst mir nichts vormachen, Mila. Warum solltest du mich verschonen?"

„Weil ich dir sonst nur einen Spiegel vorhalten würde. Außerdem glaube ich, dass du auch anders kannst. In dir ist nicht nur Wut, Tyler. Du musst die anderen Gefühle zulassen."

Die Worte flossen einfach aus meinem Mund. Ich war selbst nicht einmal der Typ, der seine Gefühle einfach zuließ. Doch das war es, was mir in den Sinn kam, als ich über Tyler nachdachte. Und das musste ich ihm einfach sagen. Es würde nichts bringen, ihn zur Einsicht zwingen zu wollen. Diesen Weg musste er selbst wählen.

Er erwiderte mir nichts. Anscheinend hatte ich genau ins Schwarze getroffen.

Ich ließ Tyler an der Tür stehen und begab mich in die Mitte des Raumes. Ich krempelte die Ärmel meines Oberteils bis zur Mitte meiner Arme hoch und starrte konzentriert auf meine Hände. In Gedanken versuchte ich mir alles einzubilden, was Tyler mir zuvor an den Kopf geworfen hatte und noch vieles mehr, was mich wütend machte. Es dauerte nicht allzu lange, bis meine Fingerspitzen sich sanft blau färbten und ich die Kraft in ihnen spürte.

„Es ist wirklich die Wut", flüsterte ich konzentriert vor mich hin, sodass meine Hände nicht aufhörten, zu glühen. „Ich muss nur an dieselben Dinge denken, die du mir vorher an den Kopf geworfen hast", entgegnete ich ihm mit einem scharfen Blick in seine Richtung.

Doch Tyler stand immer noch wie erstarrt an der Tür. Er bewegte sich nicht.

Nach und nach versuchte ich die positiven Gedanken in meinen Kopf zu lassen und das Blau auf meinen Fingern verblasste mit einem Mal. Erschöpft ließ ich mich auf meinem Bett nieder und nahm noch einen Schluck aus meiner Wasserflasche.

„So, wie lautet der nächste Schritt zum Üben?", fragte ich Tyler. Seine Miene begann sich nun endlich zu verändern, doch wirklich hörte er mir nicht zu.

„Lass uns morgen weiter üben. Ich komme wieder hier vorbei", beschloss er und war in der nächsten Sekunde verschwunden.

Wenn die Brüder eines wirklich draufhatten, dann war es verschwinden. Ich atmete tief ein, ließ mich gänzlich auf mein Bett fallen und legte meine Oberarme über mein Gesicht. Die ganze Energie, die ich in meinen Händen gefühlt hatte, schien mir nun allein zum Existieren zu fehlen. Soweit ich es noch erahnen konnte, dauerte es nur wenige Sekunden, bis ich so wie ich mich hingelegt hatte, einschlief.

Kapitel 14: Tyler

Liebes Tagebuch,

ich dachte, es würde besser werden. Ich dachte, der Hass auf Menschen würde stärker werden. Doch so viel von ihrem Blut kosten zu können, hat es nicht besser gemacht. Sie wäre fast gestorben, hätte Luke mich nicht aufgehalten.

Sie war vorerst nicht mehr in unserer Nähe, nein, sie war tausende Kilometer von uns entfernt. Und ich konnte verdammt nochmal an nichts anderes denken. Ich konnte nur an SIE denken. An die Gefühle, die sie in mir ausgelöst und die Wut, die darauf gefolgt war. Die Lust nach ihr - und ihrem Blut. Selbst der Alkohol hat es nur für eine kurze Zeit erträglich gemacht, bis ich wieder und wieder an sie denken musste. Ich versprach mir, dass es nicht ewig so weiter gehen konnte. Doch da hatte ich mich geirrt: Der Stich ins Herz hatte es mir vor Augen geführt. Der Stich war so weit in mein Herz vorgedrungen, dass dort immer etwas zurückbleiben würde - und ich hatte das erste Mal seit vielen Jahren bemerkt, dass ich überhaupt noch ein Herz besaß. Als ich sie dann wiedergesehen hatte, habe ich mein Herz wieder schmerzen gespürt. So tief drinnen, dass ich wusste, dass ihr Anblick es nie wieder verlassen wird. Den Schmerz würde ich auf ewig spüren und wenn es nicht der Schmerz war, der sich in mein Herz bohrte, dann waren es die Gefühle zu ihr, die sich so wundervoll in ihren meeresblauen Augen spiegelten, sodass ich gerne darin versinken würde. Doch immer noch ist dort mein Bruder und mein Instinkt, mich niemals mehr auf einen Menschen einzulassen, der gerade dazu noch auserkoren wurde, Vampire zu bekämpfen und zu töten.

Mit voller Wucht feuerte ich das Tagebuch an die nächste Wand, an der es mit einem lauten Knall zu Boden fiel. Dabei bröckelte der Putz an den Wänden ab und rieselte leise auf den bereits schmutzigen Teppich. Das Motel, in dem Luke und ich untergekommen waren, konnte man als Absteige bezeichnen. Doch unser Ziel war, so wenig Aufmerksamkeit wie möglich zu erregen. Es würde mich nicht wundern, wenn das Bett unter mir zusammenkrachen würde. Es war alles zum Kotzen.

Es war Nachmittag und ich wusste, dass ich irgendwann bei Mila aufkreuzen musste, um weiter mit ihr zu üben.

Mit einem Handgriff zog ich die Flasche Whiskey unter dem Bett hervor, die ich mir hier in der Nähe aus einem Pub entwenden konnte. Ich musste zugeben, dass er nicht schlecht war, dieser irische Whiskey. Mit einem Ploppen entfernte ich den Korken der Flasche und nahm direkt mehrere große Schlucke davon. Der brennende Alkohol lief mir die Kehle hinunter. Meine Augen hielt ich währenddessen geschlossen und spürte für wenige Sekunden die Erleichterung, die meine Gefühle wegspülte. Aber es dauerte nicht lange, bis sie mich mit voller Wucht trafen. Ich musste sie verdrängen und einfach weitermachen. Unkompliziert und einfach.

Kapitel 15: Tyler

Von weitem konnte ich Milas Eltern im Haus reden hören. Luke hatte sie das letzte Mal manipuliert, als wir unangekündigt bei Mila vorbeischauen mussten, denn ihr Gefühlsausbruch und mein Schrei durch ihre glühenden Hände hatte uns verraten.

Es hatte mich nicht mal fünf Minuten gekostet, eine Flasche Wein und einen kleinen Blumenstraß zu besorgen. Geschenke, die Eltern immer gern entgegennahmen.

Ich klingelte und setzte das charmanteste Lächeln auf, dass ich über mich bringen konnte.

Milas Vater öffnete die Tür. Anfangs hatte er noch einen freundlichen Gesichtsausdruck und als er mich sah, wurde er starr. Ich wusste, wie es wirken musste, dass ein fremder Mann in Irland auftauchte, um seine Tochter zu besuchen.

Milas Eltern hatten beide das gleiche Rot in den Haaren wie sie selbst. Ihr Vater fuhr sich schnell mit der Hand durch diese, als würde er befürchten, dass ich der neue Schwarm seiner Tochter sein sollte.

„Hallo Herr Brennan, ich bin ein Mann, an den sie sich später nur flüchtig erinnern werden. Falls ich nochmal hier auftauche, werden sie keine Verbindung zu mir herstellen können, nur ein positives Gefühl bleibt zurück. Freut mich Sie kennen zu lernen", beendete ich den Satz auf eine völlig normal menschliche Weise.

„Damit Ihre Frau und Sie sich auch einen schönen

Abend machen können, habe ich Ihnen einen guten Rotwein mitgebracht. Ich hoffe, Sie können etwas damit anfangen. Er ist aus Italien."

Seine Miene wurde weich und freundlich. Milas Mutter, die uns von der Couch aus die gesamte Zeit beobachtete, hatte ein Strahlen im Gesicht. Jackpot.

„Hallo, nenn mich ruhig Mike. Komm rein. Viel Spaß und falls etwas sein sollte, wir sind hier unten", brachte er mir freundlich entgegen, auch wenn ich wusste, dass er mir damit sagen wollte, dass ich die Finger von seiner Tochter lassen sollte.

Ebenfalls freundlich lächelte ich den beiden zu und sah Mila mit offenem Mund am Anfang der Treppe stehen.

Mr. Brennan bat mich einzutreten, was ich eindeutig als einen Sieg wertete. Im Vorbeigehen überreichte ich ihm die Flasche Wein. Auf dem Weg zur Treppe begrüßte ich Milas Mutter, deren Lächeln gar nicht mehr aufhörte, als ich ihr den Blumenstrauß überreichte.

Es herrschte ein seltsames Schweigen, während ich die Treppe mit Mila zu ihrem Zimmer hinaufging.

Fassungslos setzte sie sich auf ihr Bett und starrte mich an.

„Wieso hast du es nicht bei einer normalen Manipulation belassen?", fragte sie.

„Luke hatte sie bei unseren letzten Begegnungen manipuliert, wie du wahrscheinlich bemerkt hast."

Sie nickte stumm und die Wehmut stand ihr ins Gesicht geschrieben. Diesmal war ich derjenige, der nicht still stehen bleiben konnte.

„Ich weiß, dass du die Manipulation nicht ausstehen kannst. Ich dachte vielleicht, es gefällt dir auf diese Art und Weise besser", versuchte ich ihr zu erklären. „So bleibt ein weniger schlechtes Gefühl bei ihnen zurück."

„Können wir einfach anfangen zu üben?", fragte sie mich ungeduldig. Sie wollte das Thema wechseln.

„Gut, dann zeig mir, was du draufhast."

Konzentriert stellte sie sich in die Mitte des Zimmers und nahm ihre Hände hoch. Mit geschlossenen Augen stand sie da. Verdammt, sie sah sexy aus, wenn sie versuchte sich zu konzentrieren.

Ich schüttelte den Kopf und schaute ihr weiter zu. Dieses Verlangen musste aufhören. Nach nur wenigen Sekunden begannen ihre Finger zu glühen.

„Es ist nicht so einfach. Nicht so, wie wenn es aus der Wut herauskommt. Aber ich kann es kontrollieren, wenigstens ein bisschen."

Freude und Anstrengung zugleich schwangen in ihren Worten mit.

In den nächsten Stunden übten wir, teils mit Milas Kräften, teils trainierten wir einfach nur ihre Angriffstaktiken mit reiner Muskelkraft, da es für sie anstrengender war, als sie zugeben wollte.

Nach drei Stunden sackte Mila auf ihrem Bett zusammen.

„Ich muss mich nur fünf Minuten ausruhen, dann können wir weitermachen", prustete sie erschöpft.

Ihre Brust hob und senkte sich schnell, doch Mila war

hart im Nehmen und versuchte, es sich so wenig wie nur möglich anmerken zu lassen.

„Ich schlag dir was Besseres vor: Wir gehen etwas Essen und machen danach weiter." Ich fand meinen Vorschlag super, auch wenn ich noch nicht wusste, wo ich etwas „zu Essen" herbekommen sollte. Mila antwortete mir zwar nicht, aber ihr Magen knurrte, während sie sich in eine sitzende Position brachte.

„Bleibt mir eine andere Wahl?", fragte sie, während sie sich über ihren knurrenden Magen strich und lächelte.

„Man hat immer eine Wahl", entgegnete ich ihr. Sie grinste mich nur an und mein Herzschlag begann sich zu erhöhen. Dieses dumme Ding!

„Warte einfach hier. Ich bin gleich wieder da."

Ich hörte, wie Mila das Wasser im Badezimmer anstellte und sich dann mit ein paar Kleidungsstücken, die sie gezielt aus ihrem noch wenig gefüllten Schrank griff, darin zurückzog.

Nach fünfzehn Minuten kam sie mit einem großen Schwall warmen Wasserdampf wieder heraus. Mir stockte der Atem. Sie trug einen schwarzen Jumpsuit, der ihre Figur an den richtigen Stellen umspielte. Es war einfach perfekt.

Ich folgte ihr mit meinem Blick, als sie dazu silberne Stiefeletten anzog.

„Ist es zu viel?", fragte sie unsicher als sie meine Blicke bemerkte.

„Nein, es ist ... du siehst toll aus", brachte ich stockend hervor.

In nur wenigen Schritten stand sie vor mir und hielt mir etwas entgegen.

„Kannst du sie mir umlegen?"

Es war eine schwarze Kette. Sie bestand aus einem breiten Band mit einem kleinen silbernen Anhänger in der Mitte.

Ich stellte mich hinter sie, sog ihren blumigen Duft ein, der nach dem Duschen noch präsenter an ihr haftete und mich gänzlich umhüllte. Mit meinen Fingern streifte ich dabei ihren Hals und gleichzeitig konnte ich ihren schnellen Puls fühlen. Am liebsten hätte ich meine Hände an ihr haften lassen, bis sich mein Verlangen, sie anzufassen, gestillt hatte. Doch genau das war es, was ich eigentlich vermeiden musste. Ich hakte den Verschluss der Kette ein und entfernte mich rasch einen Schritt von ihr.

„So, ich denke, wir können gehen."

Mila bestand darauf ein Restaurant aufzusuchen. Auch wenn ich eigentlich Bars bevorzugte, wollte ich ihr diesen Wunsch nicht abschlagen. Sie entschied sich für eines, das wir zu Fuß erreichen konnten. Es unterschied sich zur restlichen Gegend. Die Bauten waren hochragend glänzend und nicht urig gemütlich errichtet.

Von einem Kellner bekamen wir beide unsere dickeren Mäntel abgenommen. In dem schwachen bernsteinfarbenen Licht schimmerten Milas silberne Stiefeletten und von da an konnte ich meine Augen nicht von ihren langen Beinen wenden. Verdammt, ich musste mich wirklich zusammenreißen und vor allem musste ich Blut trinken - und zwar nicht ihres.

In der hintersten Ecke des Steakrestaurants bekamen wir einen Tisch. Der Kellner brachte uns die Speisekarten und zündete eine Kerze an, die in der Mitte des Tisches stand. Es war Mila unangenehm, das konnte ich ihr genau ansehen. Mit den Speisekarten in der Hand schwiegen wir uns an. Die Spannung, die zwischen uns herrschte, war unerträglich.

Nach einer gefühlten Ewigkeit brachte der Kellner mir einen Whiskey auf Eis und Mila einen Weißwein.

„Besser?", fragte ich, nachdem ich mit einem kräftigen Atemstoß die Kerze ausgeblasen hatte. Sie nahm einen großen Schluck Weißwein und lächelte dabei.

„Hast du schon etwas von Luke gehört?", fragte sie. Ich konnte sehen, wie sie eine Hand seitlich zitternd in ihren Jumpsuit grub und mit der anderen das Weinglas verstohlen schwenkte.

„Nein, ich habe noch nichts gehört. Er wird sich melden, wenn er Jenna gefunden hat", beteuerte ich. Als Jennas Name fiel, zuckte sie kurz zusammen - und nahm einen weiteren Schluck aus ihrem Weinglas.

„Hey, immer langsam, Liebes." Ich nahm ihre Hand vom Weinglas und legte meine über ihre.

„Sie ist dir sehr wichtig, oder?" Ich konnte ihr die Antwort ansehen, doch ich wollte es aus ihrem Mund hören.

„Sie ist wie Familie für mich geworden, Tyler. Ihr darf nichts passieren. Ich wollte sie niemals mit in diese ganze Sache hier hineinziehen", erzählte sie mir viel zu schnell.

Nach den letzten Worten erklang ein Schluchzen aus ihrem Mund.

„Er wird nicht zulassen, dass ihr etwas passiert." Im Gegensatz zu mir, sagte mir mein Gewissen. Mit jedem Wort, das aus meinem Mund kam, packte ich ihre Hand fester. Doch ihr Puls verlangsamte sich nicht, ich konnte ihn immer noch genauso hören wie zuvor.

„Mila … verdammt!" In Sekundenschnelle entzog ich ihr meine Hand, denn ihre glühte mittlerweile blau.

„Oh Gott, es tut mir leid!", gestikulierte Mila wild und zog ihre Hand schnell zu ihrem Körper hin.

„Schon in Ordnung. Das hier heilt ja zumindest", ächzte ich und rieb mir die Handinnenseite, „du bist wütend auf uns und zwar berechtigterweise."

„Nein … ja … ich weiß nicht." Mila zog nun beide Hände fest an sich und krümmte sich vor Leid.

„Ich will einfach nicht, dass ihr etwas zustößt. Genauso wenig meinen Eltern. Das haben sie nicht verdient, ihnen geht es das erste Mal wieder gut, seitdem ich aus dem Krankenhaus aufgewacht bin. Das möchte ich ihnen nicht nehmen. Und Jenna - sie hat euch schon zu oft gesehen. Das konnte einfach nicht gut enden. Wir müssen sie finden, Tyler. Sonst werde ich mir das nie verzeihen."

Der Kellner brachte uns natürlich genau in dem unpassendsten Zeitpunkt das Essen, das sich Mila zuvor bestellt hatte. Ich konnte die Tränen in ihren Augen sehen und die Wut, die sich in ihnen widerspiegelte, doch sie versuchte, sich nichts anmerken zu lassen. Als der Kellner verschwunden war, schaute sie mir zum ersten Mal an diesem Abend tief in meine Augen.

„Wir schaffen das gemeinsam. Wir drei." Es fühlte sich gut an, ihr die tröstenden Worte zukommen zu lassen. „Jetzt iss erst einmal etwas, dann kommst du wieder ein bisschen zu Kräften und es wird dir besser gehen."

Sie nickte und nahm sich das Besteck in die Hände.

Mila hatte sich ein blutiges Steak bestellt. Welche Ironie.

Jetzt war ich derjenige, der nervös wurde. Ich hatte zu lange nichts getrunken. Meinen Whiskey schüttete ich mit einem Schluck hinunter. Doch es half nichts. Ich konnte meine Finger nicht mehr ruhig halten und bewegte sie immer wieder über der Tischplatte.

„Ist bei dir alles in Ordnung?", hörte ich sie fragen. Meine Augen waren geschlossen, damit ich mich besser konzentrieren konnte. Meine Kiefermuskeln spannten sich an.

„Ja, ich habe nur … Hunger", entgegnete ich ihr, immer noch mit geschlossenen Augen. Dann war es für einige Sekunden still. Viel zu lange, denn so musste ich immer mehr an die wundervoll rote Flüssigkeit denken, die durch die Venen meiner Sitznachbarn floss.

„Kann ich etwas für dich tun, Tyler?" Es kam zögerlich, doch ihre Stimme war stark.

„Wir könnten die Toiletten aufsuchen und -"

„Nein!", schoss es aus mir heraus. Ich spürte, wie ich die Tischplatte an den Seiten gepackt hatte und das Holz unter meinem festen Griff knackte. „Ich meine nein, es ist schon okay. Rede einfach weiter mit deiner Stimme auf mich ein. Sie lenkt mich ab", forderte ich sie auf. Sie lenkte mich nicht nur ab, sie war wundervoll.

Und ohne auf meine Bitte zu antworten, erzählte sie mir bis zum Ende des Abends von sich und von ihrer Familie. Von ihrem Bruder Tom, der jetzt bei Freunden war und sich freute, weil er abends länger aufbleiben durfte. Von dem Tag, an dem sie nach Portland gezogen war und ihr ein Umzugskarton gerissen war, aus dem mindestens zwanzig Teller die Treppe herunter gescheppert waren und von der Zeit, als sie im Krankenhaus angefangen hatte, zu arbeiten. Ihre Stimme lenkte mich nicht nur ab, ich war ihr verfallen. Ich konnte nicht mehr aufhören, darauf zu lauschen. Am liebsten hätte ich ihr die Wörter aus dem Mund gesaugt, doch ich musste mich beherrschen.

„Es ist schon spät. Wenn wir noch etwas üben wollen, müssten wir langsam wieder zu mir gehen." Ihre veränderte Stimmlage holte mich aus dem hypnotischen Zustand heraus, den ich die letzte Zeit angenommen hatte. Ich öffnete meine Augen und schaute auf eine entspanntere Mila.

Auch wenn sie sich wehrte, beglich ich unsere Rechnung und wir liefen zurück zu ihrem Haus. Es leuchtete kein Licht in den Fenstern, so dass wir annahmen, dass ihre Eltern längst schliefen. Wir waren wirklich zu lange unterwegs gewesen.

In ihrem Zimmer schleuderte Mila ihre Schuhe in die nächste Ecke.

„Bist du sicher, dass du noch die Kraft hast, weiter zu üben? Du wirst auch so morgen einen ausgewachsenen

Muskelkater haben, so viel, wie wir bereits trainiert haben", neckte ich sie.

Sie ging auf ihr Nachtschränkchen zu.

„Wir wollten noch damit üben", flüsterte sie respektvoll und hob den Ring von dem Tischchen auf.

„Na gut. Dann müssen wir erst einmal herausfinden, was genau der Ring mit dir macht und dann, was er mit mir macht". Ich bedeutete ihr, den Ring anzuziehen.

Sie stellte sich mir gegenüber und zog sich langsam den Ring über den Finger.

Ich spürte die kraftvolle Veränderung sofort, die von ihr ausging, doch ich wollte, dass sie sie selbst zuerst spürte.

„Was fühlst du?", raunte ich ihr zu.

Mila atmete merklich aus. Ihre Augen waren immer noch geschlossen und sie atmete tief ein, bevor sie mir antwortete.

„Ich fühle die Kraft in mir. Die Wut ist auch da, aber sie ist anders. Sie unterstützt die Kraft nur, ohne selbst auszubrechen. Es tobt in mir. Ich spüre den Tansanit genau hier."

Sie fasste sich ans Herz und rieb an dieser Stelle einen kleinen Moment.

„Kannst du deine Kräfte einfacher aktivieren?"

Sie brauchte mir die Frage nicht beantworten. Ein kleines Grinsen breitete sich auf ihren Lippen aus und sie hob die Hände ein wenig nach oben.

Plötzlich begannen ihre Hände in einem starken Meeresblau zu glühen. Und es waren nicht nur ihre

100

Fingerspitzen. Es waren beide Hände wie bei ihrem gestrigen Wutanfall. Nur anscheinend mühelos hervorgerufen.

„Es ist so einfach, Tyler", brachte sie lächelnd hervor.

„Fühlst du andere Wesen um dich herum?"

„Ja, eindeutig. Ich kann deine Schwingungen spüren. Die Kraft will mich zu dir treiben, doch wahrscheinlich eher, damit ich meine Kräfte gegen dich einsetze, vermute ich. Und du spürst mich auch, stimmts?", fragte sie neugierig.

Und wie ich sie spüren konnte. Ich hatte ihr noch nicht genau gesagt, was ihre Kraft bei mir auslöste und wir hatten im Temple nur kurz darüber gesprochen, doch es war mächtig. Die Anziehung, die von ihr ausging, war kaum auszuhalten.

Dann hatte ich sie direkt angeschaut und ich konnte mich nur noch in ihr verlieren. Sie war so nicht nur schön, nein, sie verkörperte die Schönheit. Ich schaffte es kaum, meinen Mund zu öffnen, um es ihr zu erklären. Der Ring schien mich magisch anzuziehen.

„Mila, du bist atemberaubend. Ich werde versuchen, es dir ruhig zu erklären, doch ich weiß nicht, ob ich dazu in der Lage bin." Bereits jetzt musste ich schlucken, um weiter reden zu können. „Deine Haut, sie strahlt förmlich und ich will jeden Zentimeter von ihr berühren, möchte mit meinem Finger jede Stelle an deinem Körper entlangfahren und ihn erkunden. Ich möchte mich in deinen Haaren vergraben, in jeder einzelnen deiner feurigen Locken. Und dein gesamter Körper, er ist so betörend, dass ich mich wirklich zusammenreißen muss, mich dir nun nicht zu nähern."

Plötzlich öffnete Mila die Augen und schaute direkt in meine. In diesem Moment war es geschehen und ich ging auf sie zu. Nur wenige Zentimeter vor ihr blieb ich stehen, um ihr Gesicht noch genauer betrachten zu können. Ihre Augen waren nun nicht mehr einfach nur blau. Der Tansanit brachte sie zum Leuchten.

„Deine Augen Mila, sie haben nicht nur ihre normale Blaufärbung, nein, sie leuchten wie das schönste Blau, das ich jemals gesehen habe. Als wäre die Farbe daraus entstanden und sie wären der Inbegriff für Schönheit. Und … oh Gott."

„Was?", krächzte Mila mit kaum hörbarer Stimme.

„Deine Lippen - ich kann nicht wegsehen."

Ich konnte es wirklich nicht. Ich wollte sie berühren, mit all meiner Hingabe, die ich besaß. Ich war wie in Trance. Sie war so wunderschön und zugleich gefährlich. Es nahm mir den Atem. Ich keuchte nur noch vor mich hin, meinen Blick weiter auf ihre Lippen gerichtet.

Mittlerweile waren wir uns so nahe, dass ich ihren Atem an meinen Lippen spüren konnte.

„Tyler, ich werde den Ring jetzt ausziehen", flüsterte sie, während sie meinen Blick mit ihren Augen eingefangen hatte.

Ich spürte, wie sich die Kraft um uns herum veränderte, aber sie war nicht verschwunden, nur anders.

„Und, wie fühlt es sich jetzt an?", fragte sie neugierig, aber immer noch flüsternd.

„Mila - eigentlich hat sich kaum etwas verändert", keuchte ich, schaute noch kurz in ihre wundervollen Augen, legte dann meine Lippen auf ihre und spürte die Explosion in mir, die sich vor wenigen Sekunden noch in mir angestaut hatte. Ich hatte gehofft, mein Verlangen nach ihr wäre durch einen Kuss gestillt, doch genau das Gegenteil trat ein. Ich wollte mehr von ihr. Auch Mila schien nicht abgeneigt zu sein. Sie erwiderte den Kuss mit voller Leidenschaft und brachte mich um den Verstand.

Mit einem Ruck zog ich sie näher an mich heran, ich wollte sie überall spüren. Unsere Küsse wurden wilder, ein Stöhnen entfuhr mir, als sich ihre Hände unter mein Shirt gruben und ihre Fingernägel meinen Rücken streiften.

„Mila -"

Außer ein weiteres Stöhnen, bekam ich keine Worte aus mir heraus.

Kurz machte sich Frustration in mir breit, als ich das Handy in meiner Hosentasche vibrieren fühlte und es auch nach zwei Sekunden nicht aufhörte.

Ich drückte Mila einen Schritt von mir weg. Schnell holte ich das Handy hervor und schaltete es auf lautlos.

Bevor ich Mila wieder in meine Arme schließen konnte, schaute sie mich eindringlich an. Sie musste nichts sagen, ich bemerkte es auch. Sie konnte mir den Hunger ansehen, meine Augen mussten tiefschwarz sein.

Doch sie schaute immer noch direkt in sie hinein. Mit meinen Fingern begann ich ihr über ihre Wange zu streichen.

Sie stellte sich auf ihre Zehenspitzen und küsste mich noch einmal. Mit solch einer Wucht, dass ich kaum noch an mich halten konnte. Als ich den Kuss erwiderte, hörte ich ein Wimmern zwischen ihren Lippen hindurchdringen. Mit gequältem Blick schaute sie mich an.

„Sollten wir diesen Fehler noch einmal begehen?", flüsterte sie.

„Wahrscheinlich sollten wir das nicht", entgegnete ich ihr. Diesen Fehler wollte ich niemals wieder begehen. Fast hätte ich meinen eigenen Bruder getötet, weil er diesen Fehler wiederholt begangen hatte.

Noch einmal legte ich meine Lippen auf ihre, drehte mich um und verschwand so schnell ich konnte.

Ich hatte mir geschworen, die Mauer um mich herum höher zu ziehen und Flucht war nun einmal einfacher als Konfrontation.

Kapitel 16: Luke

Endlich. Nach ein paar Tagen, in denen ich überall in der Gegend Leute manipuliert hatte, damit sie sich nach Informationen über Gwen umhörten, hatte ich den einen Tipp bekommen. Meine Schwester zu beschreiben, war schwierig, natürlich immer in der Hoffnung, dass sie ihr Äußeres in all den Jahren nicht allzu sehr verändert hatte. Zumindest den Teil, den sie eigenständig verändern konnte, wie ihre Frisur oder ihre Haarfarbe. Doch ein Landstreicher hatte sich ihr „hübsches Gesicht" eingeprägt und er hatte sie in der Nähe der Aillwee Cave gesehen. Dass ich da noch nicht früher darauf gekommen war. Abgelegene Höhlen, die wegen Einsturzgefahr mittlerweile nicht mehr als Touristenattraktionen genutzt werden konnten. Die so verzwickt und verwinkelt waren, dass sich jeder Mensch darin verirren würde. Doch Vampire, mit ihren ausgeprägten Sinnen, konnten sich bestens darin orientieren und in nur wenigen Minuten hinausfinden. Außerdem war die Höhle riesig, so wie ich es gelesen hatte und so konnte sie ihre ganzen Handlanger darin unterbringen - und Jenna. Mit dem Gedanken an Jenna, kam auch der an Mila. Die vergangenen Tage hatte ich jegliche Abschweifung meiner Gedanken in ihre Richtung versucht zu vermeiden, hatte meinen Grips der Arbeit gewidmet, um Gwen ausfindig zu machen, nur um nicht an Mila zu denken. Mich nicht zu erinnern, dass ich gegangen war, auch wenn sie mich darum gebeten hatte, zu bleiben. Sie mit Tyler zusammen zu sehen, brach mir das Herz. Ich wusste nicht, was passiert war, als ich nicht bei Mila war, aber etwas zwischen ihnen hatte sich verändert. Ich konnte das Funkeln in ihren Augen sehen, wenn sie ihn betrachtete, wie sie auch bei mir gefunkelt hatten. Sie hatte mich gebeten zu bleiben und ein stilles Ultimatum gesetzt, dass wenn ich gehe, es zwischen uns nie wieder so würde, wie es zuvor war. Und ich bin gegangen, weil Tyler und der Tansanit alles verändert hatten. Vielleicht blieb noch Hoffnung, denn ich liebte sie, darüber war ich mir im Klaren. Doch erst einmal ging es um Jennas Leben und darum, dass sie unversehrt bei Mila ankam.

Seit ungefähr einer halben Stunde wartete ich nur ein paar Meter entfernt von der Aillwee Cave, doch von außen war nichts und niemand zu sehen. Vor einer viertel Stunde hatte ich Tyler eine SMS gesendet, aber noch keine Antwort erhalten. Warum kann er nicht einmal erreichbar sein, wenn man ihn wirklich brauchte?

Plötzlich regte sich etwas im Bereich des Eingangs der Höhle: Drei Personen bewegten sich auf ihn zu, zwei Männer, eine Frau. Vorsichtig näherte ich mich der Höhle noch ein bisschen weiter. Wenn dort Vampire drin waren, hatte ich mich schon ein wenig zu weit herangewagt, denn sie könnten mich hören oder zumindest wahrnehmen.

Und dann sah ich das kleine Detail, das mir verriet, dass sich Gwen in der Höhle befinden musste: Ein winziger Blutstropfen rann den Hals der Frau herunter, der leicht hinter ihren langen braunen Haaren versteckt war.

106

Doch der Wind wehte die Haare beim Gehen immer für eine Sekunde hinter ihre Ohren, sodass ich die kleine Bisswunde mit Mühe aus der Entfernung erkennen konnte. Nur wenige Sekunden später waren die drei in den Gängen der der Aillwee Cave verschwunden. Jackpot!

Rasch tippte ich Tyler eine weitere Nachricht, dass ich mit der Aillwee Cave richtig gelegen hatte, zumindest was den Rückzugsort von Vampiren betraf.

Ich musste da rein und Jenna dort herausholen. Aber ich hätte mich auch einfach in einen Abgrund stürzen können. Gegen Gwen und all ihre Handlanger hatte ich alleine nicht die geringste Chance.

In nur wenigen Schritten hatte ich mich dem Eingang der Höhle bis auf ein paar Meter genähert. Es war ruhig - zu ruhig …

Sie mussten weit in den verzwickten Gängen der Höhle verweilen.

Ich setzte meine Finger für eine weitere SMS an Tyler am Handy an, doch in letzter Sekunde entschied ich mich anders und drückte auf den grünen Hörer in seinem abgespeicherten Kontakt. Und wie erwartet, hob er nicht ab. Es klingelte immer und immer wieder, doch es tat sich nichts. Gerade als ich auflegen wollte, hörte das Klingeln auf und ich wartete auf ein „Hallo" von Tyler, nahm aber nur ein lautes Rascheln wahr.

„Tyler? Hörst du mich?", fragte ich und versuchte seine Stimme am anderen Ende der Leitung zu finden. Es raschelte immer noch leise, doch ich konnte etwas im Hintergrund hören. Er musste den Anruf unabsichtlich angenommen haben, als wäre das Handy immer noch in seiner Hosentasche. „Tyler?!", rief ich noch einmal, da ich ihn hier zur Unterstützung unbedingt brauchte.

Ich wollte das Handy vom Ohr nehmen, als ich noch etwas hörte. Das Geräusch von ... einem Kuss?! Deswegen war Tyler nicht erreichbar, weil er wieder einmal seinen Mitternachtssnack verführte?! Kopfschüttelnd wollte ich auflegen, als eine bekannte Stimme mein Ohr erreichte.

„Sollten wir diesen Fehler noch einmal begehen?", hörte ich Mila leise sagen. Kaum hörbar rang sie nach Luft und die anschließende Stille erfüllte mein Ohr.

„Wahrscheinlich ... sollten wir das nicht", hörte ich Tyler flüstern.

Kurz danach hörte ich einen weiteren Kuss.

Es waren Tyler und Mila, die sich gerade leidenschaftlich geküsst hatten - und sie hatten es anscheinend schon einmal getan.

Bis auf das Rascheln am anderen Ende der Leitung war es still. Ich nahm das Handy vom Ohr und drückte auf den roten Hörer.

Das Geräusch der Küsse hallte in meinem Kopf wider, es bohrte sich direkt in mein Herz und es fühlte sich an, als würde es brechen. Nicht nur in zwei Teile, sondern in Millionen kleine Splitter, die man nicht so schnell wieder zusammensetzen konnte.

Fassungslos starrte ich auf das Handydisplay.

Urplötzlich spürte ich noch einen schrillen Schmerz im Bereich meines Genicks und mir wurde sofort schwarz vor Augen. Das Telefonat hatte mich zu sehr beeinflusst und ich war abgelenkt. So abgelenkt, dass ich niemanden hatte kommen hören.

Doch egal was jetzt passieren würde, schlimmer als der Schmerz, der gerade mein Herz zerstörte, konnte es nicht sein.

Kapitel 17: Mila

Tief durchatmen, nicht an Tyler denken, noch tiefer durchatmen.

Ich stand immer noch mitten im Raum und war wie angekettet. Auch wenn ich mich in letzter Zeit immer dabei ertappte, dass ich an einen Kuss mit ihm gedacht hatte, war es nichts gegen die Realität. Er nahm mir den Atem, auch noch Minuten später. Das durfte nicht wahr sein.

Nervös knetete ich an meinen Fingern herum, während ich überlegte, was ich als Nächstes tun sollte.

Nachdem ich mich endlich von der Stelle gelöst hatte, setzte ich mich erschöpft aufs Bett. Tyler würde recht behalten, ich würde morgen den Muskelkater meines Lebens haben, wenn ich mich dann überhaupt noch bewegen konnte.

Ich brauchte nicht einmal mehr Schäfchen zählen, denn nach nur wenigen Sekunden fielen meine Augen immer öfter zu. Meine Lider waren so schwer, ich konnte es nicht länger verhindern und glitt in den Schlaf.

Etwas rüttelte an mir. Es fühlte sich an, als würde ich in einer Achterbahn fahren. Blinzelnd versuchte ich mich zu orientieren. Es war keine Achterbahn, in der ich mich befand, ich lag immer noch in meinem Bett. Die Erschütterungen, die eigentlich ziemlich mickrig waren, kamen von meinem Handy. Es vibrierte neben meinem rechten Oberschenkel, wo es aus dem Jumpsuit gefallen sein musste, den ich immer noch trug. Während ich mich in eine sitzende Position brachte, nahm ich den Anruf an.

„Hallo", krächzte ich mit belegter Stimme. Zuvor hatte ich nicht auf den Bildschirm geschaut und erinnerte mich daran, dass ich eigentlich nicht mehr drangehen wollte, ohne vorher darauf zu schauen.

„Hier ist Tyler. Hast du meine Nachrichten gelesen?", fragte er. Im Hintergrund waren Geräusche von klirrenden Gläsern zu hören, wovon er eines bestimmt gerade mit Whiskey füllte. Es dauerte, bis ich ihm antwortete, denn ich war noch nicht richtig wach.

„Ehm, nein ich bin eingeschlafen. Was gibt´s denn Wichtiges, was nicht bis morgen warten kann?"

„Komm einfach zu mir. Ich schicke dir die Adresse von dem Motel, in dem Luke und ich untergekommen sind", entgegnete er direkt an meinen Satz angelehnt, ohne auch nur eine Sekunde zu vergeuden. Tyler klang alles andere als entspannt.

„Warte. Was ist passiert?" Die Frage ging nun wieder schnell und leicht über meine Lippen, da das Adrenalin aufgrund Tylers Aussage rasend durch meine Adern gepumpt wurde.

„Ich erkläre dir alles, was ich weiß, wenn du hier bist", versuchte Tyler mir wieder mit einem ruhigeren Ton entgegenzubringen, doch ohne eine Erklärung war ich alles andere als ruhig.

Ein Tuten ertönte. Tyler hatte das Telefonat beendet. Keine Minute später empfing ich eine Nachricht mit der Moteladresse, die er mir schicken wollte. An der

Bettkante sitzend, rieb ich mir durch meine müden Augen und versuchte mein rasendes Herz zu drosseln. Wie viel überschüssiges Adrenalin konnte mein Körper eigentlich vertragen?

Bevor ich das Haus verließ, schrieb ich meinen Eltern noch einen Zettel, dass ich bei der Tochter von Bekannten übernachtete, sodass sie sich keine Sorgen machten, falls ich morgen früh nicht beim Frühstück erscheinen würde. Natürlich war ich noch nie bei diesen Bekannten, doch nach dem letzten Ausflug meiner Eltern zu ihren Freunden hatten sie mir die Handynummer deren Tochter gegeben. Ich könnte mich mal bei ihr melden, hatten sie gesagt. Also hoffte ich, dass mein Schwindel einfach nicht auffliegen würde. Ich schnappte mir die Autoschlüssel, zog meinen warmen Mantel fester um mich und begab mich auf den Weg zu Tyler.

Es dauerte über eine halbe Stunde, bis ich an dem Motel ankam, das Tyler mir genannt hatte. Die Straßen waren spiegelglatt und drei Füchse hatten sich während meiner Fahrt auf sie verirrt und wollten sich plötzlich nicht mehr von der Stelle bewegen, als sie in mein Fernlicht blinzelten.

Das rustikale Motel, welches außen komplett mit Holz verkleidet war, machte einen heruntergekommenen Eindruck. Viele Stellen des Holzes sahen morsch aus und bei jedem eisigen Windstoß knarzten die Wände. Die Rezeption, an der ich landete, nachdem sich eine durchsichtige Schiebetür automatisch vor mir öffnete, war nicht mehr besetzt. Kein Wunder, laut der Uhr, die darüber hing, war es 2:56 Uhr.

Tylers Zimmer musste laut der SMS im Erdgeschoss liegen und nach einigen verzwickten Gängen war ich bei ihm angelangt.

Keine zwei Sekunden nach meinem Klopfen öffnete er die Zimmertür.

„Ist dir der Whiskey ausgegangen oder warum störst du mich um diese christliche Uhrzeit?", versuchte ich die Spannung, die bei unserem Treffen vorhin zwischen uns herrschte, zu legen.

„Nicht der Whiskey ist das Problem. Luke ist das Problem", zischte er, während er in sein Zimmer trat und auf dem einzigen Sessel in der hinteren Ecke Platz nahm.

„Wo ist Luke?", fragte ich, „ist er in den letzten Tagen nicht mehr hier aufgetaucht?"

„Genau da liegt das Problem." Tyler atmete tief durch und rieb sich die Augen, bevor er weitersprach.

„Vorhin, als ich bei dir war und wir -" Er stockte kurz und auch ich musste an unseren intimen Moment denken. Meine Haut begann zu kribbeln und ich musste mich zwingen, ihm weiter zuzuhören.

„Er hat mich währenddessen angerufen und hat zuvor auch ein paar Nachrichten geschrieben. Er hat Gwens Unterkunft gefunden oder zumindest ein Versteck, in dem einige Vampire hausen."

„Das ist aber doch gut, oder? Dann können wir Jenna da rausholen." Auch wenn ich den Satz mit Euphorie aussprach, war Tylers Miene vielsagend und ich wusste, dass es nicht alles war.

„Luke ist nicht in seinem Zimmer. Er hat geschrieben, dass er mich bei der Aillwee Cave zur Unterstützung braucht, doch wir waren wohl beschäftigt in diesem Moment", erzählte er räuspernd.

„Und du denkst, ihm ist etwas passiert?" So nervös wie Tyler war, musste es so sein.

„Er reagiert nicht auf meine Anrufe, schon seit einer Stunde nicht. Das sieht ihm nicht ähnlich und als ich in der Anrufliste nachgeschaut habe, habe ich gesehen, dass wir vorhin telefoniert haben …"

„Wann habt ihr?"

„Genau da liegt das Problem. Ich habe das Handy nicht auf lautlos geschaltet. Ich habe den Anruf angenommen. Und dann haben wir …"

„Verdammt."

Ohne zu fragen, setzte ich mich auf Tylers Bett. Ich musste nachdenken. Es lag im Rahmen des Möglichen, dass er unsere Küsse mitbekommen hatte und sich anschließend allein in die Höhle des Löwen begeben hat. So ein verdammter Mist.

Außer ihn in der Höhle aufzusuchen, fiel mir mit meinen müden Hirnzellen keine bessere Idee ein.

„Verdammter Mist!", schrie Tyler, stürzte auf die nächstgelegene Wand zu und schlug mit voller Wucht dagegen. Seine Knöchel waren blutig und der Putz bröckelte von der Wand herunter. Die wunde Stelle verheilte innerhalb weniger Sekunden, aber Tyler war immer noch erschüttert. Er legte seine Stirn gegen die Wand und ich sah, wie sein ganzer Oberkörper bebte.

Ich stand auf und begab mich vorsichtig in Tylers Nähe. Meine Hand legte ich sanft auf seinen Rücken, während er seinen Kopf immer noch nicht von der Wand wegbewegte. Von der Seite konnte ich sehen, dass sich kleine Äderchen unter seinen Augen gebildet hatten und er seine Zähne fletschte.

„Es ist alles meine Schuld! Ich habe Hunger, ich kann mich nicht mehr konzentrieren, obwohl ich genau das gerade müsste und ich bin wütend. Am liebsten würde ich jeden, der mir über den Weg läuft, mit meinen verdammten Zähnen zerfetzen!", knurrte er, den Blick weiter stur auf die Wand vor sich gerichtet.

Ich hatte nicht mehr so viel Angst wie zuvor, aber der Respekt vor den Vampiren war geblieben. Kein Wort brachte ich über die Lippen, doch er musste sich beruhigen, um klare Gedanken zu fassen.

Meine Hand, die ich anfangs an seinem unteren Rücken platziert hatte, ließ ich jetzt langsam in Richtung seiner Schulterblätter gleiten. Meine Finger drückte ich wie bei einer Massage etwas fester in seine Haut. Als ich bei seinen Schulterblättern angekommen war, verweilte ich dort kurz, da ich spürte, wie sich seine Muskeln an der Stelle langsam lockerten. So unbemerkt wie möglich, stellte ich mich gerade hinter Tyler, damit ich beide Hände benutzen konnte, um ihn zu beruhigen.

Ich nahm die zweite Hand dazu und arbeitete mich zu seinen Schultern hinauf, wo die Muskeln so verspannt waren, dass ich meinen Griff verhärten musste.

Tylers Atem wurde flacher, Wut entwich aus seinen Lungen, doch er stand an der Wand, so starr wie zuvor.

„Mila -", flüsterte Tyler, stockte jedoch dann und stöhnte kurz auf, als ich mit meinen Händen seinen Nacken fester drückte.

„Du musst ... damit aufhören." Es folgte ein Knurren, was jedoch in ein Ächzen überging. Tyler löste sich aus meinem Griff und ging auf den Schrank der Minibar zu, die unter dem riesigen Flachbildfernseher Platz fand. Er zog die kleine Türe mit voller Wucht auf, sodass er sie fast aus ihren Angeln riss. In dem gedimmten Kühlschranklicht konnte ich sehen, dass neben ein paar Softgetränken ein einzelner Blutbeutel lag, den sich Tyler herausnahm und direkt mit seinen Zähnen aufbiss, um ihn schnellstmöglich zu leeren. Es dauerte keine 30 Sekunden, bis der Beutel vollends geleert auf dem Boden vor dem kleinen Kühlschrank lag. Tyler stand keuchend über ihn gebeugt, als wüsste er nicht, was er als Nächstes tun sollte.

„Es reicht nicht", raunte er, „ich brauche mehr, um dem Vampir-Idioten-Gefolge meiner Schwester in den Arsch zu treten", keuchte er.

Langsam näherte ich mich ihm, denn in seinem Jagdtrieb gefangen, konnte ich ihn noch nicht so gut einschätzen. Erneut legte ich meine Hand auf seinen Rücken und streichelte langsam darüber.

„Mein Angebot steht immer noch", raunte ich ihm zu. Er atmete lange aus, bevor er mich mit seinem hungrigen Blick anschaute.

„Mila, du weißt, ich würde wieder den Fehler begehen.

Ich würde es nicht schaffen aufzuhören."

Ich wusste, dass ich mit dem nächsten Satz nicht nur das Bluttrinken meinte und trotzdem wollte ich es Tyler sagen.

„Tyler, Fehler sind dafür da, um begangen zu werden." Und mit diesem Satz versuchte ich seinen Körper aus seiner gebeugten Haltung aufzurichten, damit er mir in die Augen schauen konnte. Sein Blick bohrte sich in meinen, während ich ihn am Handgelenk packte und mit zu seinem Bett zog. Er hörte nicht auf, mich anzuschauen und sein Blick bereitete mir Gänsehaut. Diesmal begann ich mit meinen Händen nicht seinen Rücken zu massieren, sondern fuhr einmal mit meinen Fingernägeln darüber. Begonnen an seinem Nacken bis kurz vor seinem Steißbein.

Ein Knurren entfuhr Tyler, so tief und so rau, dass es in meinem Unterleib begann, zu ziehen. Tyler drehte sich zu mir um und schaute mich mit seinen schwarzen Augen an. In seinem offenstehenden Mund, aus dem immer wieder gequälte Atemstöße drangen, sah ich das verschmierte Blut an seinen Lippenrändern haften. Ich fühlte mich, als würde ich jeden Moment in das tiefe Schwarz seiner Augen fallen und nie mehr herauskommen. Sie waren so anziehend und in dieser Sekunde überhaupt nicht mehr angsteinflößend.

Ohne ein Wort zog ich Tyler auf das Hotelbett. Seine schwarzen Augen und seine Zähne waren immer noch sichtbar und schauten mich gierig an. Ich setzte mich nah an ihn heran. Unsere Beine berührten sich. Langsam, aber ohne zu zögern, hob ich meinen Arm und führte mein Handgelenk direkt vor seinen Mund. Auf dem Weg dorthin erhöhten sich Tylers Atemzüge. Es sah aus, als würde er gleich die Beherrschung verlieren.

Tyler wehrte meinen Arm nicht ab. Er hob selbst seine Hand, um ihn an seinen Mund zu legen. Ich spannte mich an, da ich bei der nächsten Berührung einen stechenden Schmerz erwartete, doch ich lockerte meine Muskeln wieder, als ich Tylers Lippen sanft über meinen Unterarm streifen ließ. Mehrere Küsse platzierte er dort, bis er immer weiter hoch Richtung Handgelenk wanderte.

„Ich höre wie dein Blut rauscht. Dein Puls wird immer schneller … immer besser", raunte Tyler. Er schien sich in Trance zu befinden.

„Es sind nur wenige Millimeter Haut, die mich von dem köstlichen Blut trennen und es wäre so leicht, es mir zu nehmen."

„Dann nimm es dir", flüsterte ich erneut.

Mit einem letzten langen Atemzug, der mir nochmals seine spitzen Reißzähne offenbarte, rammte er diese in mein Handgelenk. Der bekannte Schmerz traf ein, doch ich versuchte mir wenigstens am Anfang so wenig wie möglich anmerken zu lassen.

Nach wenigen Sekunden ließ er von meinem Handgelenk ab, leckte noch einmal langsam über die Wunde und schnappte sich dann meinen anderen Arm und führte ihn zu seinem Mund. Jetzt wurde mein Puls schneller, denn der Blutverlust wurde mehr.

Der Schmerz flammte auf, als er auch mein anderes

Handgelenk in den Besitz seiner Reißzähne nahm.

„Oh Gott", stöhnte Tyler zwischen dem ganzen Blut. Ich spürte, wie seine Griffe fester wurden und er gequält einen Schluck nach dem anderen nahm.

Ich nutzte den Moment, in dem Tyler für eine Sekunde Luft holte und von meinem Handgelenk abließ. Ich entzog mich ihm und lehnte mich ein wenig zurück. Er starrte mich an, wie ein Raubtier seine Beute, die versuchte zu fliehen. Ich wollte wissen, wie weit ich gehen konnte. Mein Blick schweifte über seinen sitzenden Körper. Augenblicklich entdeckte ich die Beule in seiner Jeans, die gegen den straffen Stoff drückte. Das Blut und die Lust hatten Tyler vollends im Griff.

Dieser Anblick erregte mich. Durch den Blutverlust fühlte ich mich wie in Watte gepackt. Die Schmerzen entglitten mir und ich näherte mich der Taubheit. Doch in meinem Inneren brannte es. Die Lust, die ich seit Wochen in mir hielt, brach nun aus mir heraus. Unaufhörlich schaute ich Tyler in die Augen. Er konnte meine nächsten Schritte sicher nicht voraussagen und doch wusste ich, dass sie ihm gefallen würden.

Ich führte eines meiner blutenden Handgelenke nicht zu seinem Mund, sondern zu meinem. Sogleich breitete sich der metallische Geschmack in ihm aus. Ich ließ meine Lippen einmal über die Wunde gleiten. Wie ein roter Lippenstift färbte das Blut meine Lippen. Tyler hatte nur noch Augen für sie. Er wendete seine nicht mehr davon ab. Der Abstand zwischen uns wurde immer geringer, mit meinen Lippen näherte ich mich seinen. Es kostete ihn so viel Willenskraft, mich nicht direkt zu überfallen, das konnte man seiner gesamten Körpersprache entnehmen. Ich glaubte sogar, einige Muskel in seinem Oberkörper zucken zu sehen. Doch strengte er sich an und rührte sich nicht einen Millimeter.

Dann trafen unsere Lippen aufeinander. Die Erlösung, die in dieser Berührung lag, umhüllte uns und unsere Münder waren nicht mehr zu trennen. Tylers Lust war nun entfesselt. Halbwegs richtete er sich auf, riss seine Hose samt Unterwäsche herunter und zog dann hinter meinem Rücken am Reißverschluss meines Jumpsuits. Nach wenigen Sekunden glitt dieser meinen Körper herunter. Mein Handgelenk fand wieder Tylers Mund, während er meinen geschwächten Körper auf seinem Schoß positionierte. Ich war nicht mehr stark, doch soweit es mir möglich war, bewegte ich meinen Körper auf ihm, um seine Härte zwischen meinen Beinen zu spüren.

„Ich muss -"

Mehr sagte Tyler nicht, da es ihm nicht schnell genug gehen konnte. Er schob meine Unterwäsche beiseite und war in der nächsten Sekunde in mir.

„Oh Tyler …", ächzte ich in seinen Mund, der noch metallischer schmeckte als meiner.

Er entwich meinem Mund und küsste meinen Hals entlang, vertieft in die Stöße, durch die wir uns zusammen rhythmisch bewegten.

„Ich versuche es dir zu geben, aber ich nehme dir viel mehr", krächzte er und ich wusste nicht, ob er damit mein Blut, mein Bewusstsein oder mein Leben meinte. Sein

Kopf verweilte weiterhin an meinem Hals, während er seine Stöße steigerte.

„Nur noch kurz …", waren die Worte, die Tyler hervorbrachte, bevor er mir in meinen Hals biss. Ich spürte mittlerweile nur noch ein leichtes Ziehen, da es nicht mehr lange dauerte, bis ich mein Bewusstsein verlieren würde. Die Menge Blut, die meine Adern verließ, brachten Tyler seinem Höhepunkt näher. Er wurde schneller und schneller, bis er letztendlich unkontrolliert Stöße abgab, die mich ebenfalls zu meinem Höhepunkt brachten.

„Gott, Mila, ich liebe dich", rief Tyler, während seine Bewegungen abklangen, er jedoch weiter an meinem Hals saugte.

Es dauerte ein paar Sekunden, bis ich begriffen hatte, welche Worte seinen Mund verlassen hatten. Auch er hielt inne, als er es realisierte. Sofort zog er sich von meinem Hals zurück, hob mich von seinem Schoß und legte meinen blutverschmierten Körper neben sich auf das Bett. Innerhalb weniger Sekunden hat er seine Kleidung wieder an seinem Körper und mir auch meinen Jumpsuit übergezogen. Gekonnt biss er sich in sein Handgelenk und legte es mir an meinen Mund, damit ich wieder zu Kräften kam. Es dauerte einen Moment, so viel Blut wie ich verloren hatte. Währenddessen bahnte sich kein einziges Wort aus seinem Mund, er starrte nur ins Leere.

Plötzlich wurde die Tür des Motelzimmers von außen geöffnet. Ich hörte die Klickgeräusche des Türschlosses, konnte meinen Kopf durch den Blutverlust aber noch nicht heben.

„Mila", hörte ich Lukes besorgte, aber vertraute Stimme vom andern Ende des Zimmers erklingen. Tylers warmes Handgelenk, das zuvor auf meinem Mund lag, wurde mir entzogen. Ich drehte mit Anstrengung meinen Kopf in die Richtung der Tür, um wenigstens zu verfolgen, was passieren würde.

„Luke, da bist du ja, ist alles in Ordnung?", fragte Tyler ihn. Ich hörte Besorgnis in seiner Stimme, was mich nach den letzten Monaten wirklich wunderte, auch wenn ich wusste, dass Tyler seinen Bruder über alles liebte.

„Was hast du mit ihr gemacht?!", schrie Luke empört auf und beachtete Tylers Frage erst gar nicht.

Tylers Blut entfaltete langsam seine Wirkung in mir, sodass ich meinen Körper nun etwas mehr unter Kontrolle hatte.

In dieser Sekunde schnellte Luke zu Tyler und würgte ihn mit einer Hand so kräftig, dass er nach Luft ringen musste.

„Stopp!", schrie ich so laut, wie nur möglich. Der Schmerz durchfuhr meinen Hals und die Wunde, die nicht vollends verheilt war. Luke ließ Tyler sofort los und schaute mir besorgt entgegen. Er setzte sich neben mich auf das Bett und betrachtete die Wunden an mir, die nur zum kleinen Teil verheilt waren. Seine grünen Augen waren getrübt und es war kein Funken Freude oder Hoffnung darin zu erkennen. Wohin war mein Luke verschwunden?

„Ich wollte es, Luke. Ich habe es Tyler freiwillig gegeben."

„Warum tust du das?", fragte er regelrecht abwertend. Auch sein Blick zeigte nicht annähernd Verständnis, sondern Trauer, Eifersucht und Wut schienen darin aufzuleuchten.

Lange schaute er mir in die Augen, doch ich konnte ihm nicht antworten. Ich wollte ihm nicht wehtun. Nicht noch einmal.

„Weil er die Kraft braucht, um gegen Gwens Leute anzukämpfen", umging ich den eigentlichen Grund. Doch Luke war nicht dumm. Er konnte Tylers noch offene Hose sehen und die blutigen Handabdrücke auf meinem Körper. Mal ganz abgesehen von den Blut- und Kussspuren auf einem Mund.

Die Tränen standen ihm in den Augen, auch wenn er sich selbst gegen eine Zukunft mit uns beiden entschieden hatte. Bevor Luke seine Stimme wiederfand, musste er schlucken.

„Die Kraft wirst du nicht brauchen", sagte er an Tyler gewandt, „Jenna kann unversehrt gehen."

Mein Herz machte einen Freudensprung, so gut es konnte. Da Luke jedoch angespannt wegschaute, ahnte ich, dass es nicht die ganze Nachricht war, die er überbringen wollte.

„Jenna kann gehen, wenn ich bleibe. Für immer."

Luke wendete seinen Blick von mir ab und rührte sich nicht. Er war abwesend. Doch ich konnte sehen, dass sich die Angst in ihm befand. Die Angst, schon wieder an einem Ort gefangen sein zu müssen, den er niemals betreten wollte.

Kapitel 18: Luke

Milas Anblick, wie sie sich mit aller Kraft vom Bett aufsetzen wollte, tat mir weh. Tyler hatte sie heftig zugerichtet. Beide Handgelenke und ihr Hals hatten eine tiefe Bisswunde. Vermutlich waren sie in kleinen Zügen verheilt, da sie sein Blut getrunken hatte.

„Luke …", flüsterte Mila, „das darfst du nicht tun. Du darfst Gwen nicht gewinnen lassen. Du musst hierbleiben."

Ich wusste, dass ich es eigentlich nicht tun musste. Ich könnte Jenna dort in der Höhle zurücklassen und einfach weiterziehen. Aber das konnte ich Mila nicht antun, auch wenn sie mir im Moment mehr Schmerzen bereitete als irgendjemand anderes.

„Wir machen sie platt, ganz einfach!", rief Tyler, sichtlich erheitert und motiviert. Er hatte ja nun genug Kraft durch Milas Blut. Er musste sich gerade fühlen wie auf Drogen, auf einem unendlichen Hoch und von Wolken getragen, so viel köstliches Blut wie er getrunken hatte. Ich kannte das Gefühl nur zu gut.

„Du weißt, dass es nicht so einfach ist, Tyler." Ich versuchte gefasst zu wirken und hoffte, dass er mir meine Wut und Angst nicht anmerkte.

Gerade als Mila etwas erwidern wollte, hob ich meine Hand, um sie zum Schweigen zu bringen.

„Hört auf! Es ist meine Entscheidung und ohne mich wäre es nicht so weit gekommen, also muss ich es auch wieder geradebiegen."

Mit diesen Worten drehte ich mich von den beiden weg, bevor sie die Tränen in meinen Augen sehen konnten, die sich angesammelt hatten. Das Blut, wie es über Milas halbnackten Körper gelaufen war - ich ertrug diesen Anblick nicht. Sie so zu sehen und nicht meins nennen zu dürfen.

„Luke, warte", rief sie mit dünner Stimme hinter mir her.

„Nein, Mila. Ich will nicht mehr warten. Denn länger kann ich mir das hier nicht ansehen", presste ich aus meinem zusammengedrückten Kiefer hervor. Der Schmerz fraß sich immer weiter in mich hinein. Ich wollte einfach nur weg von ihnen.

Nachdem ich aus der Tür des Hotelzimmers getreten war, wurde mir jedoch klar, dass der nächste Schmerz direkt auf mich wartete - und zwar bei Gwen.

In dem nächstgelegenen Krankenhaus hier in Galway hatte ich mir unbemerkt zwei Blutbeutel geschnappt, sodass ich wenigstens ein bisschen Kraft für die nächste Zeit sammeln konnte, auch wenn ich nicht wusste, wie sich diese gestalten würde. Die gesamte Zeit über hallten Milas Worte in meinem Kopf wider. Wie sie mich gebeten hatte zu bleiben und nicht zu gehen. Und wie gerne ich geblieben wäre, wenn alles so gewesen wäre wie zuvor. Damals, als sich unsere Beziehung gut angefühlt hatte und wir glücklich waren. Es war ein zu kurzer Moment. Und jetzt? Jetzt ist nichts mehr in Ordnung. Aber nachdem ich die blutigen Abdrücke auf ihrem Körper gesehen hatte, stand meine Entscheidung fest. Gut, vielleicht waren mir in diesem Moment einfach meine Sicherungen durchgebrannt, aber ich musste fort. Auch wenn mein neues Ziel nicht im Geringsten so angenehm sein würde wie die Anwesenheit von Mila und Tyler.

Aber ich musste Jenna da rausholen, weshalb ich mich, nachdem ich die Blutbeutel geleert hatte, auf den Weg machte.

Ich ging zu Fuß, damit ich das Unvermeidliche herauszögern konnte. Doch nun dämmerte bereits der Morgen und die Sonne zog sich am Horizont herauf. Eigentlich ein schöner Wintermorgen und die Natur, die sich vor mir ergab, war atemberaubend. Das Meer, das unter den Klippen wartete, schlug mit voller Kraft gegen die Steinschluchten. Ewig hätte ich diesen Geräuschen lauschen können, doch mein Ziel war nicht mehr weit weg.

Als ich in den nächsten Minuten an der Höhle angekommen war, schluckte ich einmal schwer. Was, außer meiner verrückten Schwester und der vermutlich manipulierten Jenna, würde mich da drin erwarten?

Der Weg, der zu Gwen führte, war lang und verwinkelt. Je tiefer ich in die Höhle vordrang, umso dunkler wurden die Gänge. Doch als Vampir war es einfacher, sich in der Dunkelheit zurechtzufinden. Als ich das Bewusstsein für kurze Zeit verloren hatte, wachte ich trotzdem vor der Höhle auf: mit einem Schreiben, das den Deal beinhaltete, in meiner geschlossenen Hand. Danach war ich mir zu hundert Prozent sicher, dass sich meine Schwester in der Höhle befinden musste. Gwen nach langer Zeit wieder zu sehen, kam mir nicht richtig vor. Am liebsten hätte ich sie für immer aus meinem Leben verbannt. Und jetzt muss ich es für immer mit ihr verbringen … zumindest ein Menschenleben lang …

Gedämpft konnte ich Stimmen wahrnehmen, eine davon gehörte Jenna. Sie klang noch nervöser als erwartet. Nun lief ich nicht mehr, sondern joggte in Richtung des heller werdenden Bereiches.

In dem hellen Bereich angekommen, erblickte ich Jenna, wie sie mit ihrem Handgelenk einen von Gwens Handlangern fütterte. Doch nicht nur sie vereinnahmten meine Aufmerksamkeit, sondern auch die Höhle an sich. Ich hatte es mir karg, kalt und nass vorgestellt. Aber das Ganze war eher wie ein riesiger Wohnkomplex, der von einem Architekten modern eingerichtet worden war.

„Lass sie gehen, Gwen! Ich bin hier!", schrie ich, auch wenn ich meine Schwester noch nicht entdecken konnte.

„Josh! Schluss damit!", hörte ich sie entfernt rufen. Gwen kam aus einem dunklen Gang, der in diesen Raum hier mündete, allein mit einem Bademantel bekleidet. Ihr hinterher kamen ebenfalls zwei Handlanger, die sie begleitet hatten.

Jenna, die zuvor noch gestanden hatte, setzte sich auf den Boden, der mit einem hellen Fellteppich ausgelegt war. Blut tropfte von ihrem Handgelenk auf das weiße Fell. Alles wirkte falsch an dieser Szene.

„Hilf ihr, wenn du willst oder du nimmst dir auch ein

Schlückchen", bot Gwen mir an, während sie auf Jenna zuging.

Innerhalb einer Sekunde stand ich bei den beiden und stellte mich schützend vor Jenna. Ihr durfte nichts passieren.

Gwen stand so nah bei mir, dass ich ihren Atem auf meiner Haut spüren konnte. Ihre blonden Haare fielen über ihre Schultern und ihre grünen Augen funkelten mich an. Sie hob ihre Hand zu meinem Gesicht empor und streichelte mir langsam über die Wange. Sie hatte sich kaum verändert.

„Was habe ich dich vermisst, Brüderchen", sagte sie und lächelte hinterlistig, „Aber jetzt habe ich dich ja bald ganz für mich allein."

Jenna stöhnte kurz auf. Ich hatte sie fast gänzlich ausgeblendet, so sehr hatte ich mich auf Gwen fixiert.

Ohne meine Schwester aus den Augen zu lassen, beugte ich mich zu ihr herunter, biss in meinen Arm und hielt es ihr an den Mund. Voller Angst schaute Jenna mich an.

„Lass mich in Ruhe!", schrie sie und versuchte, meine Hand wegzuschlagen.

„Ich will nicht so werden wie ihr!"

Verdutzt schaute ich wieder meine Schwester an, von der ich mich doch kurz abgewendet hatte.

„Ich habe sie nicht manipuliert. So macht es doch viel mehr Spaß", trällerte sie vor sich hin, als wäre es das Schönste auf der Welt, Menschen zu quälen.

Kopfschüttelnd wand ich mich wieder Jenna zu.

128

„Du wirst nicht wie wir. Du musst mein Blut trinken, dann heilen deine Wunden", versuchte ich ihr beruhigend zu erklären. Den Punkt, dass sie mit meinem Blut im Organismus dann besser nicht sterben sollte, da sie sonst wirklich zu Unseresgleichen werden würde, ließ ich weg. Hauptsache ihre Wunden heilten schnellstens.

Wieder schaute sie mich verdutzt an. Ihre reale Welt war wahrscheinlich genauso schnell eingebrochen wie Milas, als sie herausgefunden hatte, was ich wirklich bin.

„Vertrau mir bitte einfach, dann bist du bald wieder bei Mila in Sicherheit", beteuerte ich ihr. Dieser Satz schien sie zum Nachdenken zu bringen. Noch einmal biss ich in meinen verheilten Arm, sodass mein dunkles Blut zum Vorschein kam.

Als ich ihr den Arm an den Mund legte, verzog sie zwar angewidert das Gesicht, trank aber, wie ich es ihr befohlen hatte.

Innerhalb weniger Sekunden verheilte die Wunde an ihrem Handgelenk, die glücklicherweise nicht so groß war. Als Jenna das bemerkte, starrte sie noch verängstigter drein.

„Einer meiner Männer wird dich nun nach draußen begleiten. Natürlich nur, wenn Luke sich dazu entschließt, bei mir zu bleiben."

Ich hatte das Gefühl, dass sich mein Magen einmal umdrehte.

„Ja. Ich bleibe", krächzte ich. Diese Aktion widerstrebte mir, doch ich würde niemals gegen Gwen ankommen, ohne zuvor mehrmals frisches menschliches Blut getrunken zu haben, auch wenn ich in diesem Moment gerne auf sie zugestürzt wäre, um es ein für alle Mal zu beenden.

In jenem Moment kam ein breiter Handlanger auf Jenna zu, zog sie gewaltsam am Arm zu sich und drückte sie auf den Ausgang der Höhle zu.

Auch wenn ich nicht hier sein wollte, beruhigte ich mich innerlich ein bisschen, weil Jenna nun die Höhle verlassen würde. Bald wird sie unversehrt bei Mila eintreffen. Sofort erschien mir ihr freudiges Lächeln in meinen Gedanken. Oh Mila.

Kapitel 19: Gwen

Von der Seite schaute ich meinem Bruder in die Augen. So voller Trauer, Sehnsucht und Schmerz. Wenn er all die Jahre so gelebt hatte, hatte er wirklich was verpasst.

„Du kannst dich ein bisschen umsehen, mach es dir gemütlich. Such dir ein Zimmer aus und wir sehen uns zum Abendessen wieder", wies ich Luke an, während ich mit einer Hand auf meinen Handlanger deutete, damit er mir in mein Gemach folgte. Er war einfach so vernarrt in mich, da bedurfte es nicht einmal einer Manipulation.

Mit langen Schritten entfernte ich mich aus dem großen Wohnraum, in dem sich die meisten meiner Leute aufhielten. In meinem Zimmer wartete mein übergroßes Federbett auf mich.

Mit ihm direkt hinter mir, legte ich mich auf das weiche Bett, öffnete provokant meinen Bademantel, unter dem ich nichts trug. Dies ließ dem jungen Mann den Atem stocken. Er sah aus wie ein ausgehungerter Löwe auf der Jagd.

„Komm her", hauchte ich. Das ließ er sich nicht zweimal sagen. Innerhalb einer Sekunde beugte er sich direkt über mich, jedoch wartete er, bis ich den nächsten Schritt tat. Er traute sich nicht, ohne meine Erlaubnis zu handeln.

Mit meiner Schnelligkeit schwang ich meine Hüfte direkt über seine und drückte ihn mit meiner Kraft auf das weiche Federbett. Für einen kurzen Moment schaute er irritiert drein, da er sich nun unter mir befand, doch sein lüsterner Blick erlosch nicht. Er konnte seine Augen nicht von meinem Dekolleté nehmen.

Quälend lange blieb ich in dieser Position, sodass seine Atemzüge immer schneller wurden und ich in seinem Gesicht erkennen konnte, dass seine Gedanken nur noch um eines kreisten: um mich und vor allem um meinen Körper, den er sich begierig nehmen wollte.

Schneller als menschliche Augen schauen könnten, fing nun auch ich an, mich zu bewegen. Meine Hüfte kreiste ich enganliegend auf seinem Schoß, was ihn sofort aufstöhnen ließ.

Ich hob meinen Zeigefinger und führte ihn zu seiner Lippe. Diese streifte ich mit meinem Fingernagel, nur einen Hauch von einer Berührung. Sofort wurde die Beule in seiner Hose noch größer und härter. Mit einem Nicken erlaubte ich ihm, seiner Lust endlich freien Lauf zu lassen.

Es dauerte nicht lange, bis er gekommen war. Er konnte seinen Körper immer noch nicht anständig kontrollieren und die Reize drehten durch. Armer junger Vampir.

„Josh, sag mir, was du willst", flüsterte ich ihm betörend ins Ohr.

„Ich will dich", war das Einzige, was rau seine Kehle verließ. Er hatte sich noch immer nicht richtig gefasst.

Seine Aussage kommentierte ich nicht mehr. Doch vermutlich würde es spielend einfach werden, den Köder anbeißen zu lassen.

„Ich will dich auch mein Lieber … aber du weißt, ich brauche mehr. Das möchte ich aber nur von dir."

„Ich weiß", gab er zurück und lächelte.

Ich lächelte ebenfalls und stieß ihm meine Reißzähne in seine Kehle. Sofort lief das dunkle Blut links und rechts an meinen Mundwinkeln auf das hell bezogene Bett. Mit jedem Tag schmeckte das Vampirblut besser, ein unangenehmer Nachgeschmack ließ es jedoch lange noch nicht so gut schmecken wie Menschenblut.

Auch wenn Josh es sagte und dachte, nein, er wusste von nichts, rein gar nichts.

Kapitel 20: Mila

Nur langsam wechselte das Wasser in der Moteldusche von dunkelrot in einen sanften Himbeerton. Die Kälte, dich sich durch den Blutverlust in mir festgesetzt hatte, wich durch das 38° C warme Wasser. Die Gedanken, die nun die letzten Stunden auf Tyler geruht hatten, hingen nun wieder an Jenna und der Frage, was mit ihr und Luke in diesem Moment passierte.

Ich schaltete das Wasser ab und trat aus der Dusche ins benebelte Badezimmer. Es war eng und ich hatte ziemliche Mühe in den Schränken, die großen Handtücher zu finden, die so typisch nach chemischer Reinigung rochen.

Tyler hatte sich, ohne großes Aufsehen zu erregen, mit seinem Kulturbeutel und einem Handtuch aus dem Zimmer geschlichen. Seit vorhin hatte kein einziges Wort mehr seinen Mund verlassen.

Eines war sicher: Irgendwann mussten wir über uns reden. Aber nicht jetzt.

Das Summen meines Handys riss mich aus meinen Gedanken. Es war eine Nachricht von Jenna.

Wo bist du? Hilfe.

So schnell ich konnte, tippte ich die Adresse des Motels und die Zimmernummer in die Nachricht an Jenna und schickte sie ab. Vier Mal versuchte ich sie anzurufen, doch sie nahm nicht ab. Sollte ich eher besorgt oder erfreut sein, dass sie mir eine Nachricht schreiben konnte?

Nachdem ich dann schnellstmöglich meine Kleidung übergeschmissen und mir meine Jacke über die Schulter geworfen hatte, klopfte es an der Tür. Tyler würde einfach hereinkommen und nicht klopfen, dachte ich.

Zögernd griff ich an die Türklinke. Es war die Angst, wen oder was ich vor der Tür entdecken könnte und in Gedanken spielte ich einige Konsequenzen durch, die Jenna unter Gwens Gewalt erlitten haben könnte. Wie viel wusste sie noch? Und wie viel Erinnerung wurde ihr durch die Manipulation genommen?

Als ich die Tür öffnete, schaute ich in Jennas Gesicht.

Ihre Mundwinkel waren nach unten gezogen und ihr Blick war starr. So kannte ich sie nicht, nein, Jenna war ein fröhlicher Mensch, immer gut gelaunt. Noch nie hatte ich sie traurig oder schlecht gelaunt gesehen. Jetzt wünschte ich mir, dass sie in einer von beiden Stimmungen sein könnte. Aber es war keine von beiden. Es war die Angst in ihren Augen und ich konnte eindeutig erkennen, dass ein Teil ihrer Welt zerbrochen war. Etwas stimmte nicht und ich konnte voll und ganz nachvollziehen, was es war. Sie hat eine Welt offenbart bekommen, für die sie noch lange nicht bereit gewesen war und in die sie als Unbeteiligte niemals eintreten wollte.

Kein Gedanke war ihr genommen worden, sie wusste über alles Bescheid. Das konnte ich ihr innerhalb einer Sekunde vom Gesicht ablesen. Unglaube, Panik und Verwirrtheit.

Kein Wort trat über Jennas Lippen als ich sie in meine Arme zog und die Tür hinter uns schloss. Ihr Körper bebte an meinem.

„Jenna, du musst mir erzählen, was passiert ist. Ich weiß nicht, was Gwen dir angetan hat", flüsterte ich ihr zu und sie zuckte sofort bei Gwens Namen zusammen. Eine Antwort bekam ich nicht, doch ich spürte, wie der Stoff, der meine Schulter bedeckte, in warme Tränen getränkt wurde und Jennas Schluchzen zunahm. Sie so zu sehen und ihren Schmerz zu fühlen, sorgte normalerweise dafür, dass sich auch bei mir die Tränen anbahnten. Doch diesmal war es anders. Es war die Wut, die sich in meinem Bauch anstaute und in jede Zelle meines Körpers strömte.

Mehrmals streichelte ich über ihren Rücken. Langsam öffnete ich meine Augen, die ich vor wenigen Minuten geschlossen hatte.

Es war der erste Moment, in dem ich mein neues Ich nicht mehr verfluchte. Der Raum wurde von einem strahlenden Blau erleuchtet, dass aus meinen Händen strömte. Der Tansanit erstrahlte meist vor Wut, doch ich glaubte mehr die Hoffnung und meine Stärke darin zu spüren. Es kam einfach aus mir heraus, ohne Anstrengung - und vor allem ohne den Ring, der zu Hause auf meinem Nachttisch lag.

Jenna versuchte ein paar Wörter zusammen zu bekommen, doch sie stammelte an meiner Schulter nur vor sich hin. Ihr ganzer Körper zitterte und sie stand nicht mehr sicher.

„Müde … nicht geschlafen … kann nicht mehr", waren die einzigen Worte, die ich verstehen konnte. Wie lange hatte Gwen sie dort auf den Beinen gehalten? Hatte sie überhaupt etwas zu Essen oder zu Trinken bekommen?

Kurz nachdem sie verstummte und sich das blaue Licht in mich verzogen hatte, sackte Jenna vor mir zusammen. Unmittelbar versuchte ich mit ihr zu reden, doch sie machte mir verständlich, dass sie sich ausruhen wollte. Mit vereinten Kräften, die zum Großteil meine waren, hievten wir ihren geschwächten Körper auf das Bett. Ich weichte nicht von ihrer Seite und beobachtete sie. Ihre Augenlider zuckten und sie atmete unruhig. Vermutlich versucht sie das Erlebte zu verarbeiten. Vorsichtig streichelte ich ihren Arm. Ich wollte mich konzentrieren, um meine Kräfte zu nutzen, denn ich hatte zuvor das Gefühl, dass ich es schaffen konnte, sie zu beherrschen.

Und wieder erfüllte mich das Gefühl von Stärke. Den Tansanit nach außen dringen zu lassen, war nicht mehr schwierig. Als hätten meine Gefühle die Barriere in mir zerstört. Ich war auf dem Weg mein neues Ich zu akzeptieren und nun stand mir jeder Weg zu meinem Tansanit offen. Genauso fühlte es sich an.

Sanft streichelte ich Jennas Unterarm, während ich versuchte, meine Gefühle zur Tansanit-Kraft zu erkunden. Sie legte sich wie ein warmer blauer Wickel um Jennas Arm, während ich immer wieder hin und her strich. Augenblicklich beruhigte sich Jennas Atem und sie schien in einen traumlosen Schlaf zu fallen.

Anscheinend schützte der Tansanit nicht nur physisch,

sondern auch psychisch vor der anderen Welt. Für diesen Moment fühlte es sich richtig an, die Vampire aus ihren Gedanken zu vertreiben. Ich wusste schon lange nicht mehr, wie sich eine normale Welt anfühlen sollte. Vielleicht konnte Jenna es wenigstens für ein paar Stunden fühlen und sich darauf vorbereiten, was uns in der nächsten Zeit bevorstand.

Denn eines war sicher: Wir mussten Luke daraus holen, bevor es für seine Seele zu spät sein würde.

Kapitel 21: Luke

In mancher Hinsicht war diese Höhle besser als der Kerker bei Dr. Mantus. Ich war nicht allein. Würde Blut bekommen, wann immer ich es benötigte und ich hatte eine Familie um mich herum.

Doch es fühlte sich noch lange nicht richtig an. Es war falsch, alles war falsch. Die Höhle besaß einen Ausgang, den ich vorerst nicht nutzen durfte. Das Blut würde ich mir von unschuldigen Menschen rauben müssen und die Familie, Gwen, war der Feind.

Nein, es war nicht besser als der Kerker, nur anders, kam mir die Erkenntnis.

Es dauerte nicht allzu lange, bis ich unfreundlich von Gwens Handlanger gebeten wurde, beim Abendessen zu erscheinen. Das "Abendessen", wie es beschrieben wurde, verabscheute ich noch mehr. Es fand an einer großen Tafel im Hauptraum statt, an der zwanzig Personen sitzen konnten.

„Gwen, wieso soll ich hierbleiben? Ich bringe dir rein gar nichts." Einen Versuch, unbeschadet hier herauszukommen, sollte ich wenigsten wagen.

Gwen setzte sich langsam an die Tafel, als würde sie sich erst eine Antwort überlegen müssen.

„Wer sagt denn, dass du einen Nutzen für mich haben musst?", schmunzelte sie. Sie bedeutete ihren Handlanger, sich zu setzen. Ob es reine Schikane war, dass die Vampire männlich und all ihre Opfer weiblich waren?

Taten sie noch mehr, als nur ihr Blut zu trinken? Wenn ja, war es die reinste Folterkammer.

Um nicht direkt aufmüpfig zu werden, setzte ich mich ebenfalls nach Gwens Zeichen.

„Du bist Familie, Luke. Ist es zu viel verlangt, dass ich dich um mich haben will?", führte sie die vorherige Konversation fort.

Familie. Nannte man es so, wenn man den eigenen Bruder auf eine Ewigkeit in ein Monster verwandelt hatte, obwohl es nicht so vorgesehen war? Ich war mir sicher, die Antwort zu kennen und es widerstrebte mir, auch nur annähernd bei ihrem Spielchen mitzumachen. Doch ich wollte schließlich diesen Ort hier verlassen, ohne von zwanzig Vampiren angegriffen zu werden.

„Nein, das ist nicht verwerflich, Schwester." Das letzte Wort drohte mir im Hals stecken zu bleiben, doch ich sprach unbeirrt weiter. „Aber das könnte man doch auf weniger einengende Weise verwirklichen, statt allesamt hier in diese Höhle einzusperren."

Kurz blickte sie irritiert über meine Worte drein, doch sie fasste sich schnell wieder.

In menschlicher Geschwindigkeit ließ sie ihren Blick einmal über alle Damen an der Tafel schweifen. Die Angst, die in jedem Augenpaar aufleuchtete, wenn Gwen ihre Blicke streifte, war nicht mehr zu übersehen. Sie wussten alle Bescheid und sie wussten ebenfalls, was in den nächsten Minuten auf sie zukommen würde. Da war ich mir sicher.

„Ich glaube, dass wäre zu auffällig. Ein Leben in der

Öffentlichkeit wie du es führst - oder besser geführt hast", betonte sie mit einem auffälligen Grinsen. „Ich pflege es, mein Vampirdasein voll und ganz auszuleben. Dafür habe ich mir auf der Welt ein paar abgelegene Orte ausgesucht. Man hat ja genug Zeit zur Verfügung und das Dekorieren macht Spaß. Außerdem gibt es überall leckeres Blut, welches ich ungeniert genießen kann."

Einige der jungen Damen zuckten zusammen, kamen aber nicht auf die Idee, vom Tisch zu fliehen. Wer weiß, vielleicht haben sie das längst versucht und es hat für einige viel schlimmer geendet.

„Tyler lebt sein Leben auch aus und führt es in der Öffentlichkeit." Sofort blitzte wieder das Bild aus dem Motelzimmer in meinen Gedanken auf, in dem Tyler Milas Blut trank - und Mila es zu genießen schien. Es war wie ein Schlag in die Magengrube … von einer Abrissbirne.

Gwen strich den Arm der Frau, die sich neben sie gesetzt hatte, immer wieder hoch und runter. Sie stockte in der Bewegung bei ihrem Handgelenk und führte sie dann wieder von vorne durch, als könnte sie es keine Minute länger abwarten. Sie schaute mir mit einem überlegenden Blick in die Augen.

„Das ist nicht dasselbe. Er zeigt sich den Menschen trotzdem nicht so, wie er ist. Er manipuliert sie und bringt sie meist an einen ruhigeren unauffälligeren Ort, um von ihnen zu trinken. Oder irre ich mich?"

Sie irrte sich nicht, doch ich wollte ihr nicht den goldenen Löffel in den Mund legen.

„Siehst du. Hier verstecke ich mich nicht. Ich habe

meine Lieben um mich und meinen ganz eigenen Ort." Bei diesem Wort setzte sie ein so ungläubiges Lächeln auf, dass selbst ich bemerkte, wie wenig diese Personen hier im Raum ihr bedeuteten. „Und ich verstelle mich nicht. Diese Menschen wissen alle, was ich bin. Ich kann die Angst in ihnen sehen. Ich spiele ihnen nichts vor."

„Und was haben die Menschen davon?", fragte ich sie erzürnt. Ich konnte ihre fürchterliche Angst nicht mehr ertragen. Wenn ich Blut trank, dann immer nur so viel ich zum Überleben brauchte und unter der Manipulation, dass sie anschließend nichts mehr davon wussten. Im Anschluss verband ich die kleine Wunde, die kaum Aufmerksamkeit auf sich zog, wenn es nötig war.

„Die Menschen? Die haben davon rein gar nichts. Ach doch, … sie haben mehr Angst, was mir nur mehr Freude bereitet. Und wenn wir gerade schon dabei sind …" Gwen bedeutete den Vampiren, dass sie nun mit ihrer Mahlzeit beginnen durften.

Ich wollte ihr mit ihren eigens geformten Worten am liebsten den Hals umdrehen. Wie konnte man das Monster, das in uns steckte, noch so viel schlimmer machen, als es schon war?!

„Ich werde nichts trinken", entgegnete ich Gwen, die mich schnippisch ansah. Abwechselnd an der Tafel saßen Vampire und Menschen, fünf jeder Art. Die anderen Vampire waren fleißig dabei, sich an den Handgelenken oder Hälsen ihrer Frauen zu vergnügen, die ihren Schmerz allesamt leise ertrugen. Was mussten sie hier schon erlebt haben?

Ich schaute zu meiner rechten, zu der Frau, die für mich bestimmt war. Ihre langen braunen Haare führten bis zum Steißbein herab und ihre Haut war wunderbar hell und rein. Wenn die Angst nicht in ihren Augen gestanden hätte, könnte man die Schönheit dieser unterschiedlichen Farben ihrer Iriden ein wenig besser begutachten. Doch sie tat mir leid.

„Das ist Leandra, falls du es vorher wissen willst", sagte Gwen zwischen zwei Schlucken, die sie am Handgelenk ihrer Dame nahm.

Missbilligend sah ich sie an. Ich wollte es wissen, aber nicht, um ihr Blut zu rauben.

„Leandra. Du wirst das hier durchstehen und irgendwann dein normales Leben weiterleben können", flüsterte ich ihr zu, in der Hoffnung, dass Gwen es in ihrem Blutrausch nicht hören würde.

Gwen nahm noch einen großen Schluck, stand auf und lief zu meinem Platz an der Tafel. Das Blut tropfte auf ihr helles Oberteil und es schien sie nicht im Geringsten zu stören. Im Gehen zog sie einen freien Stuhl mit sich, der laut über den harten Boden der Höhle schliff. Sie stellte ihn direkt neben mir und Leandra ab. Gemütlich lehnte sie sich zurück, als würde sie die Show genießen, die sich die letzten Minuten hier abgespielt hatte. Mit blutigen Fingern strich sie ihr langsam über ihren Hals. Auch wenn Leandra versuchte, keine Miene zu verziehen, zuckte sie zurück. Für Menschenaugen nicht einmal sichtbar.

Und dann schaute Gwen mir tief in die Augen - ich

konnte mich nicht mehr von ihrem Blick lösen.

„Du wirst nicht fragen warum, Luke, aber du wirst trinken. Und zwar sofort und so viel du willst."

Ich wusste nicht warum, ich hatte auch nicht mehr das Bedürfnis zu fragen. Aber ich streckte meine Reißzähne sofort Leandras Hals entgegen und biss zu. Mein gesamtes physisches Widerstreben war fort, es schmecke so wunderbar und vollkommen. Doch mein Gewissen war immer noch da und sagte mir, es sei falsch, auch wenn ich mein Verlangen gerade nicht stoppen konnte.

Es fühlte sich an, als würde ich innerlich zerbrechen. Ein zweites Mal.

Kapitel 22: Mila

Nachdem Jenna in einen angenehmen Schlaf gesunken war, begab ich mich zu einem Sessel im Motelzimmer. Tyler war immer noch nicht aufgetaucht. Die Nacht war fast vorüber und ich sah einzelne rote und orangefarbene Sonnenstrahlen den dunklen Himmel erhellen. Es musste früher Morgen sein. Meine Augen waren so schwer und der Blutverlust war zwar ausgeglichen, doch die gesamte Situation schwächte mich. Die Kraft, die mir der Tansanit inwendig verliehen hatte, um Jenna zu helfen, fehlte in meinem eigenen Körper. Vorsichtig, um Jenna nicht zu wecken, setzte ich mich auf den weichen Sessel. Gemütlich war anders, doch das schien meinem Körper egal zu sein.

Unmittelbar spürte ich, wie schwer es jeder einzelnen Muskelfaser in meinem Körper fiel, mich wachzuhalten. Wie schwer es für meine Augen war, offen zu bleiben. Nur ein paar Stunden Schlaf, ich war ja doch auch nur ein Mensch. Dann würden wir einen Plan ausarbeiten und Luke aus Gwens Gefangenschaft holen.

Wir würden das hinbekommen, wie wir alles andere bis jetzt auch geschafft hatten.

Kapitel 23: Tyler

Ich war froh, dass Mila mich nicht bemerkte. So leise wie möglich hatte ich die Zimmertür geöffnet. Als ich aus der Gemeinschaftsdusche stieg, die zu dieser Uhrzeit zum Glück niemand benutzte, hatte ich lautes Schluchzen aus meinem Zimmer gehört. Mit Widerwillen hatte ich mich genähert, denn erneut eine traurige Mila zu sehen, konnte ich heute nicht ertragen. Ihr Blick, wie Luke uns erwischt hatte, war unerträglich für mich. Ich hatte es nicht für möglich gehalten, doch mein schlechtes Gewissen schien in Bezug auf Mila vollständig erwacht zu sein. Wie sie versuchte sich Luke zu erklären, ihm auszuweichen, hatte in meinem Herzen geschmerzt. Ein Gefühl hatte mich aus meinen Gedanken gerissen und ich machte mich auf den Weg ins Motelzimmer. Auf dem Bett lag Jenna und Mila hatte sich schützend über sie gebeugt.

Erstaunt konnte ich meinen Mund nicht mehr schließen, denn der Raum wurde von einem blauen Licht erfüllt. Daher rührte das Gefühl, dass ich mich ihr nähern sollte. Auch wenn ich von der Tür aus genauer hinschaute, was meine Vampiraugen mir ermöglichten, konnte ich den Ring an ihrem Finger nicht entdecken. Es fühlte sich genauso an. Die Kraft war so stark, wie, wenn sie ihn trug.

Ein sachtes Grinsen legte sich auf meine Lippen. Sie hatte den Tansanit endlich an sich rangelassen und ihn nicht weiter bekämpft. Sie würde den Ring nicht mehr benötigen, da war ich mir sicher - und sie vermutlich auch, denn sie beobachtete die blauen Strahlen begeistert, während sie Jenna über den Arm strich. Ich freute mich für sie, auch wenn die Kräfte mich als Feind sahen.

Doch ich hielt mich bewusst im Hintergrund und schaute mir die Situation von hier aus an. Es dauerte nicht lange, bis Jenna nicht mehr unruhig zuckte, sondern in einen wohligen Schlaf zu gleiten schien. Der Tansanit beruhigte sie. Oder Mila beruhigte sie, was ich nachempfinden konnte. Das wohlige Gefühl übertrug sich auf mich, sodass ich völlig entspannt in der Tür stand, obwohl es so nicht sein sollte.

Als Mila sich von dem Bett erhob und sich auf den Sessel neben der großen Fensterfront setzte, lehnte ich die Tür so weit an, dass sie mich auf den ersten Blick nicht sehen konnte. Ich wusste, dass ich gerade wegrannte, mich vor der Konversation drückte, doch ich war noch nicht so weit.

Nachdem ich auch bei ihr einen regelmäßigen Atem hören konnte, trat ich vorsichtig ins Zimmer. Meine mitgebrachten Utensilien legte ich leise beiseite. Mit sanften Schritten ging ich auf Mila zu, schnappe mir die Decke vom Sofa und breitete sie über ihr aus. Die Wärme, die von ihrer Haut ausging, ließ mich erschaudern. Wann war ich bereit, mich ihr hinzugeben? War Mila bereit, sich uns hinzugeben? Ich wusste es nicht. Irgendwann würde die Zeit kommen, in der wir es erfahren würden.

Kapitel 24: Mila

Für einen kurzen Moment fühlte ich mich gut. Als würde ich auf einer Wolke schweben, eingepackt in Watte und Wohlgefühl. In der Luft schwebend, vielleicht auf Wolke sieben oder höher. Die Sonne kitzelte auf meinem Gesicht und ich wollte sie in Empfang nehmen, meine Arme nach ihr ausbreiten und sie umarmen.

Doch als ich meine Arme begann auszustrecken, spürte ich die Verspannung, die von meinem Rücken in meinen ganzen Körper zog. Rasch öffnete ich die Augen und schaute aus dem großen Fenster vor mir und versuchte gleichzeitig meine Erinnerung an gestern aufzufrischen. Es dauerte nicht einmal fünf Sekunden, bis das wohlige Gefühl verschwunden war.

Jenna und Tyler schliefen noch. Sie im Bett und er auf dem Sofa. Er musste sich diese Nacht ins Zimmer geschlichen haben. Wie sehr wünschte ich mir, dass die nächsten Stunden weniger schlimm für Jenna werden würden. Vor allem musste ich herausfinden, wie weit ihr Wissen über Vampire ins Detail ging.

Mit einem Ruck stand ich auf, doch auf der Stelle wurde mir schwarz vor Augen und meine Beine sackten weg. Ich musste nur einmal blinzeln und spürte Tylers Arme um meinen Körper, die mich festhielten.

„Danke", entgegnete ich ihm etwas gefasster.

„Keine Ursache."

Als ich wieder alleine stehen konnte, ohne direkt

zusammenzubrechen, ließ Tyler mich los und schaute mich von der Seite an. Unbehagen breitete sich in mir aus.

„Willst du …?", fragte ich. Doch bevor es ich ausspre-chen konnte, kam mir Tyler zuvor.

„Nein." Er räusperte sich, als würde es ihm nicht an-ders gehen als mir.

„Ich kann noch nicht darüber sprechen, ich bin noch nicht so weit."

„Okay", war alles, was ich erwidern konnte. Ich war mir selbst nicht sicher, was ich sagen sollte.

Von der Seite bemerkte ich, wie Jenna langsam auf-wachte. Irritiert setzte sie sich an den Bettrand und schaute mich an. Ohne mich umzudrehen, wandte ich mich erst einmal an Tyler.

„Könntest du uns kurz alleine lassen? Jenna und ich müssen miteinander sprechen."

Auch wenn ich es als Frage formuliert hatte, gab ich Tyler zu verstehen, dass ich nichts anderes akzeptierte. Es würde für Jenna schon schwer genug werden, über die vergangenen Tage zu sprechen und dies sollte sie nicht in Gegenwart eines Vampires tun müssen.

„Seit wann weißt du es?", platzte es aus Jenna heraus, ohne dass sie mich direkt anschaute. Sie starrte ins Leere.

„Seitdem ich Luke zu Hause aufgesucht hatte und zwei tote Mädchen im Eingang lagen, denen Tyler das Blut ge-raubt hatte." Vielleicht war es nicht die beste Idee, so grundlegend ehrlich die vergangene Situation zu be-schreiben, aber ich wollte sie nicht anlügen, das hatte

Jenna nicht verdient.

„Tyler ist auch?!", schrie Jenna und schaute mich schockiert an, während sie sich die Hände vor den Mund schlug.

„Jenna, beruhige dich. Er wird dir nichts mehr tun. Ich will ehrlich zu dir sein. In Portland seid ihr euch schon öfter begegnet und ich habe hier erfahren, dass er dich auch gebissen hat. Doch er hat dich manipuliert, also weißt du nun davon nichts mehr. Er wird dir aber nichts mehr tun. Er … er weiß, wie wichtig du mir bist und ich bin ihm … naja. Nimm dir die Zeit, die du brauchst, um damit klarzukommen, aber du musst mir jetzt erst einmal in Ruhe erzählen, was bei Gwen vorgefallen ist."

Ihr Atem beruhigte sich, doch es schien ihr sichtlich schwerzufallen, meine Worte aufzunehmen und über die vergangenen Tage zu sprechen.

„Gwen sagte, dass wir dich in Irland besuchen werden, als sie mich im Krankenhaus aufgesucht hat. Ich wusste nicht einmal, wer sie war und trotzdem bin ich ihr gefolgt … wie ein Schoßhündchen", fing sie mit zitternder Stimme an zu erzählen.

„Manipulation", flüsterte ich vor mich hin.

„Genau. Sie hat mich manipuliert, das hat sie mir anschließend erklärt. Sie hat mir alles erklärt …"

„Sie hat dir einfach alles erklärt? Warum? Das ergibt doch überhaupt keinen Sinn", überlegte ich etwas lauter vor mich hin.

Jenna schluckte merklich und starrte immer noch Löcher in die Luft. Als könnte sie die ganze Sache nicht begreifen.

„Hat sie in irgendeinem Wort erwähnt, was sie mit Luke vorhat?"

Jenna schwieg, wieder einmal.

„Sie will nicht Luke, sie will dich, Mila", ertönte Tylers Stimme von der Tür aus. Mit einer Tüte Brötchen in der Hand stand er dort. Er näherte sich nicht.

„Gwen macht ihren Opfern Angst, manipuliert sie nicht, damit sie die ganze Wahrheit und die gesamte Grausamkeit, wenn ihr es so nennen wollt, mitbekommen. Die Angst gefällt ihr und treibt sie an. Und sie wusste, wenn sie Jenna hat, dann wird sie auch dich bekommen. Denn ich glaube, Mila, sie will dich und nicht Luke. Zumindest noch nicht. Denn du bist diejenige, die ihr im Weg steht und ihr etwas antun kann", erklärte Tyler, der immer noch an der Tür wartete und auf mein Herz deutete, wo der Tansanit verankert sein musste.

„Sie wird nicht aufgeben, bis sie uns beide wieder in ihrer Gewalt hat, wie es vor Jahren geplant war und du störst sie dabei … ", versuchte er den letzten Satz nur langsam und leise auszusprechen.

„Das klingt einleuchtend", war das Einzige, was ich darauf erwidern konnte.

Tyler betrat langsam den Raum und ich sah, wie sich Jenna auf dem Bett immer weiter zurücksetzte, nur um Tyler nicht näher an sich heranzulassen.

„Er wird dir nichts tun, Jenna, vertrau mir."

Bei diesen Worten schaute ich nicht sie an, sondern

Tyler. Er erwiderte meinen Blick zwar nicht, aber setzte sich nur auf das Sofa und hielt mir die Brötchen entgegen.

„Ich dachte, ihr könntet eine Stärkung gebrauchen, nicht dass ihr noch umkippt. Keine Angst, Jenna, ich komme nicht näher und ich werde dir auch nichts antun."

Seine Worte klangen gar nicht nach ihm, viel zu besorgt um ein Menschenleben, aber in diesem Moment war ich froh, dass er so vertrauensvoll agierte und Jenna nicht direkt einen weiteren Schrecken einjagte.

Auffordernd hielt er mir die Brötchen entgegen, um sie bei ihm abzuholen. Auf immer noch wackeligen Beinen holte ich sie und bot Jenna eines davon an.

„Hier du musst etwas essen."

Glücklicherweise musste ich nicht lange mit ihr diskutieren, wie es normalerweise der Fall war, sondern sie nahm das Brötchen und aß. Tyler ließ sie dabei nicht einen Moment aus den Augen.

„Jenna?", flüsterte ich, nachdem wir mit dem Essen fertig waren.

„Ja?"

„Kann ich dich um einen Gefallen bitten?"

Sie nickte bloß.

Wir verließen das Motelzimmer, um ungestört reden zu können.

Und dann erklärte ich ihr meinen Plan, der sie aus allem heraushalten konnte und mir für ein paar Tage den Rücken freihielt.

Kapitel 25: Tyler

Mila und Jenna waren seit einer halben Stunde nicht mehr im Motelzimmer. Ich konnte fühlen, dass Mila etwas ausheckte, doch was es war, konnte ich nicht sagen. Regungslos saß ich noch immer auf der Couch und starrte ins Leere. Ich habe diese verfickten drei Worte zu ihr gesagt, während ich das Blut aus ihr herausgesaugt habe. Was war in diesem Moment in mich gefahren? Das betörende Blut, Mila und die gesamte Situation machten mit mir etwas, bei dem ich nicht wusste, wie ich damit umzugehen hatte.

Als sich die Tür öffnete, war es Mila allein, die zu mir ins Motelzimmer trat.

„Ich möchte Luke da herausholen", brachte sie hervor, bevor sie wirklich ins Zimmer eintrat. „Dich interessiert es vielleicht nicht, dass dein Bruder dort gefangen ist, aber das bin ich ihm nach allem schuldig und ich möchte ihn wiedersehen. Ich verlange nicht von dir, dass du mir hilfst, aber du kannst dir selbst denken, dass ich jede Unterstützung gebrauchen ka …"

„Natürlich helfe ich dir - und Luke", stammelte ich.

„Danke. Ich habe auch bereits einen Plan, wie ich mich ein paar Tage von meinen Eltern entfernen könnte, ohne dass es zu sehr auffällt." Ganz so überzeugend sah sie nicht aus, oder irgendetwas belastete sie, dass konnte ich ihrer bedrückten Miene ablesen.

„Ok, ich bin dabei", war alles was ich sagte, denn ich

wusste, dass ich gerade alles für sie tun würde.

„Du vertraust mir doch ein wenig, oder?", fragte Mila, als wir uns dem Haus ihrer Eltern mit Jenna zusammen näherten.

„Ja, das tue ich." Ich vertraute ihr wirklich, auch wenn ich ihr bei diesem Satz noch nicht voll und ganz in die Augen schauen konnte.

„Dann spiel bitte einfach mit, in Ordnung?" Da war wieder das Bedenken, das ich auch zuvor in ihrem Gesicht gesehen hatte. Es sah irgendwie entschuldigend aus.

„Natürlich, wenn das zu deinem Plan gehört, bin ich dabei", sagte ich locker dahin.

„Gut … danke", war das Einzige, was sie noch erwiderte, bevor sie noch einmal tief durchatmete und Jenna zunickte.

Sie holte die halbvolle Tüte mit Brötchen hinter ihrem Rücken hervor und hielt sie erst langsam, dann offensichtlicher vor sich hin.

Spätestens jetzt verstand ich gar nichts mehr.

Bevor ich auch nur die Zeit zu überlegen hatte, nahm Mila meine Hand und zog mich behutsam in Richtung der Haustüre. Jetzt hatte ich nicht nur keine Zeit zu überlegen, sondern ihre Hand in meiner war alles, an was ich denken konnte. Mein totes Herz fing an zu rasen, als hätte es dies niemals verlernt.

Da betätigte Jenna bereits die Klingel. Man konnte ihr ansehen, dass sie die ganze Offenbarung mitgenommen hatte. Genau wie Mila vor einigen Monaten.

„Mila, da bist du ja! Wir haben uns schon Sorgen gemacht, wo du an so einem Tag abgeblieben sein könntest", rief Milas Mutter, die zusammen mit ihrem Vater die Tür geöffnet hatte. Überrascht sahen sie erst Jenna und dann mich an.

„Ich habe auch nicht damit gerechnet, Mum", erwähnte Mila, während sie Jenna und mich mit einem breiten Grinsen anschaute. „Jenna hat mich überrascht und hat sich einen Flug gebucht, um hier zu sein. Außerdem hat sie Tyler mitgebracht …"

„Richtig" schaltete sich nun Jenna ein. Ein breiteres Grinsen hätte sie nicht auflegen können. „Ich hatte vor, Mila so richtig zu überraschen und wie könnte es einfacher sein, als mir ihren Freund zu schnappen und ihn zu ihr nach Irland zu bringen, damit sie dort ein paar schöne Tage zu zweit verbringen können."

Nach dem Wort „Freund" hatte ich abgeschaltet. Was haben die beiden sich denn bitte für ein Spielchen ausgedacht?!

„Wir haben auch Brötchen mitgebracht, damit wir den Anfang des Tages zusammen verbringen können und danach bin ich gerne die Ersatz-Tochter, die Milas Zimmer in Beschlag nimmt, wenn das für euch in Ordnung ist", versuchte Jenna mit viel Honig in der Stimme an Milas Eltern zu richten.

„Natürlich ist das in Ordnung, Jenna, seit dem letzten Besuch ist sowieso schon wieder zu viel Zeit vergangen." Milas Mutter überschlug sich mit ihren eigenen Worten fast vor Freude.

Dann wand sich ihr Blick zu mir und trotzdem war ihr Blick immer noch mit Freude versehen. Auch selten, dass ich das erlebe.

„Und du musst der mysteriöse Mann sein, von dem Mila viel zu wenig erzählt", sagte sie eher fragend und schaute mich wartend an. Was war darauf nun die richtige Antwort?

Plötzlich zog Mila mich an sich, schlang sich um meine Taille und legte ihren Wuschelkopf an meine Schulter.

„Genau, Mum, Dad, das ist Tyler. Der geheimnisvolle Mann an meiner Seite." Ich hatte Mila noch nie so gut lügen hören, wie jetzt. Sie zuckte nicht mit der Wimper. Deshalb versuchte auch ich eines meiner netten Gesichter aufzulegen. Man sollte die „Schwiegereltern" ja nicht gleich verschrecken, habe ich gehört.

„Freut mich, Sie kennenzulernen, Mrs. Und Mr. Brennan. Sie haben eine wundervolle Tochter", erwähnte ich, während ich ihrer Mutter einen Handkuss anbot und ihrem Vater mit einem festen Händedruck die Hand schüttelte. Wie ich es in meiner letzten Manipulation gesagt hatte, würden sie mich jetzt nicht erkennen, aber ein gutes Gefühl in Bezug auf mich musste bei ihnen hinterblieben sein.

„Ach lasst uns diesen Tag noch nicht vor der Türe verbringen. Schatz, lass du dich doch bitte erst einmal drücken", sagte Mrs. Brennan an Mila gewandt.

Sie entzog sich mir und ließ sich von ihrer Mutter in die Arme schließen.

„Ich wünsche dir alles alles Gute zum Geburtstag, mein Baby!"

Moment.

Mila hatte heute Geburtstag und sie hatte kein Wort darüber verloren?!

„Natürlich haben wir auch noch ein Geschenk für dich …", erklärte ihre Mutter anschließend.

„Ich brauche doch keine Geschenke, das habe ich euch schon oft genug gesagt", entgegnete sie ihrer Mutter patzig. Ich konnte ahnen, um was es sich handelte. Ich hörte es schon. Ein kleines, zu laut schlagendes Herz, was sich hinter dem Sofa nicht weit von uns versteckte.

„Glaub mir, es wird dir gefallen."

Plötzlich sprang hinter dem Sofa ein kleiner Junge hervor, der mit funkelnden Augen Mila betrachtete. Im nächsten Moment sprintete er mit geöffneten Armen in unsere Richtung.

„Brüderchen!", brachte Mila schallend vor Freude hervor und schloss ihn in ihre Arme.

Wenn mein Bruder noch so süß wäre.

„Ein Arbeitskollege deines Vaters hat hier für kurze Zeit geschäftlich zu tun und hat ihn mitgebracht. Wir dachten, das ist ein tolles Geschenk, für jemanden, der keine Geschenke mag. Aber jetzt lasst uns doch erst einmal zusammen frühstücken. Dabei können wir uns alle ein wenig besser kennenlernen."

Mrs. Brennan zwinkerte mir zu und wir folgten ihr alle in Richtung des Küchentisches.

Mila hatte Geburtstag und ich durfte neben ihrem

Bruder ihre Überraschung spielen. Das überraschte mich mehr, als ich gedacht hätte ...

Kapitel 26: Mila

Ich konnte nur hoffen, dass mein rasender Puls und meine roten Wangen meine Lügen nicht aufdeckten. Jenna spielte ihre Rolle überzeugend und Tyler … ja, dafür, dass er nicht wusste, was auf ihn zukommen würde, spielte er sie ebenfalls gut. Doch anfangs schien er überrascht zu sein.

Glücklicherweise konnte ich sagen, dass ich Lukes Namen nur einmal am Telefon erwähnt hatte, bevor wir zusammen waren. Ich hatte ihnen nie einen Freund vorgestellt, also wussten sie auch nicht, wie er wirklich hieß. Auch wenn es sich bei meinem letzten Besuch noch um Luke gehandelt hatte, musste ich ihnen das nicht auf die Nase binden. Wie makaber dieses Schauspiel auch sein sollte, so hatte ich wenigstens den Hauch einer Chance, für ein paar Tage zu verschwinden, ohne dass meine Eltern erneut manipuliert werden mussten. Und jetzt musste ausgerechnet Tom in Irland sein. Mein kleines unschuldiges Brüderchen wollte ich doch erst recht nicht in die ganze Sache reinziehen. Aber kam es darauf an, einen mehr oder weniger überzeugen zu müssen? Ich denke nicht.

Ich hatte gerade einmal einen Bissen von meinem Brötchen herunterbekommen, da begann meine Mutter bereits Tyler Fragen zu stellen, die mir den Schweiß auf die Stirn trieben.

„Tyler, darf ich dich fragen, was du für einen Beruf

gelernt hast?"

Und als würde er nicht menschlicher sein, nahm er einen Bissen von seinem mit Marmelade beschmierten Brötchen und lächelte meiner Mutter voller Freude ins Gesicht.

„Ich habe Germanistik studiert und arbeite in der PR-Abteilung in einer kleinen Firma. Kommunikation ist dort mein Hauptbereich. Aber weniger zu mir, ich würde gerne ein bisschen mehr über die Familie meiner Freundin erfahren, also schießen Sie los!"

Und Tyler wusste seinem Lächeln nach zu urteilen genau, was er mit diesen Worten bei meiner Mutter auslöste - nämlich einen großen Redeschwall. Doch so peinlich das auch für mich werden sollte, es war immer noch besser, als wenn Tylers Tarnung aufflog. Deshalb lehnte ich mich zurück, versuchte mein Brötchen zu genießen, während meine Mutter schon mit der ersten unangenehmen Geschichte aus meiner Kindheit anfing.

„Das ist doch alles totaaal langweilig", meckerte Tom nach einer viertel Stunde, in der meine Mutter ununterbrochen redete. Mit verschränkten Armen schaute er erst unsere Eltern an und anschließend Tyler und mich.

„Warum seid ihr so komisch?", fragte er, seinen Blick immer noch nicht von uns wendend.

Von den restlichen schien nun keinen mehr zu interessieren, was Tom von uns wollte, denn meine Mutter und Jenna räumten den Tisch ab, derweil mein Vater sich mit seiner Zeitung aufs Sofa begab.

„Was meinst du mit komisch?", entgegnete ihm Tyler, der ihn verschmitzt angrinste.

„Ihr seid nicht verliebt!"

Was?

„Was?", fragte auch Tyler, als hätte er meine Gedanken gehört.

„Naja, in meinen Büchern steht immer, dass Verliebte die ganze Zeit Händchenhalten, kuscheln und sich dauerhaft küssen. Die lassen sich nicht mehr los. Und das macht ihr halt nicht."

Konnte es gerade wirklich sein, dass dieser kleine Mann unser verkrampftes Spiel durchschaute? Wir mussten besser spielen, um nicht aufgedeckt zu werden. Ich musste mich korrigieren. Es machte doch etwas aus, einen mehr oder weniger überzeugen zu müssen. So ein Mist.

Rasch nahm ich Tylers Hand in meine. Sofort umschloss er sie fest, als hätte er dieselbe Idee gehabt.

Doch der Blick meines Bruders änderte sich nicht. Ratlos sah ich mich nach Jenna um, aber sie war tief in ein Gespräch mit meiner Mutter versunken. Dann musste ich wohl den Schritt weitergehen, den ich zu vermeiden versucht hatte.

Nachdem ich mich von meinem Platz erhoben hatte, zog ich Tyler an der Hand zu mir hoch, umarmte ihn und drückte meine Lippen auf seine.

„Geht doch", hörte ich meinen Bruder sagen. Diese Worte waren die letzten, die ich in diesem Moment hörte, denn das Blut begann in meinen Ohren zu rauschen, mein Pulsschlag erhöhte sich rasant und ich spürte, wie Tyler beim ersten Kontakt die Luft scharf einzog.

Der Kuss endete nicht. Nein, er hatte erst begonnen. Wie zwei Magnete, die einmal vereint, nicht mehr zu trennen waren.

Ich bemerkte seine Hand in meinem Nacken, die erst fest zupackte, dann den Griff wieder lockerte, nach Beherrschung ringend. Je näher er mich zu sich zog, umso inniger wurde unser Kuss und beinah hätte ich vergessen, dass wir uns in der Mitte der Küche und im Umfeld meiner Familie befanden.

Tyler löste nur für einen Moment seine Lippen von meinen, in der er mir das Wort „Zimmer" ins Ohr hineinzischte. Er drückte mich in die Richtung der Treppe und küsste mich währenddessen.

„Ich packe dann einmal ein paar Sachen für den Ausflug zusammen", brachte ich an Tylers Schulter lehnend hervor und glücklicherweise schien meine Familie so viel Anstand zu haben, um uns nicht auf unsere „frische Verliebtheit" anzusprechen.

Sofort küsste Tyler mich wieder und führte mich mit seinen übernatürlichen Sinnen, ohne zu stolpern die Treppe hinauf. Seinen rauen Atem zu spüren, brachte mich dazu, völlig den Verstand zu verlieren und ich konnte keinen klaren Gedanken mehr fassen. Die letzten Stufen packte Tyler mich mit beiden Händen an den Hüften und hob mich in einem Ruck auf den oberen Absatz der Treppe. Seine Finger krallten sich dabei gefährlich in meine Haut und ich musste mich zusammenreißen, mich nicht auch in seine zu krallen, um ihn noch mehr zu spüren.

In der nächsten Sekunde stieß mein Rücken gegen meine Zimmertür und ich war mir zu hundert Prozent sicher, dass meine Eltern diesen Knall gehört hatten, doch es war mir egal. Tylers Hände wanderten meine Taille hinunter, sodass meine Gedanken nur an seinen Berührungen hingen, die ich überall spüren wollte.

Er stöhnte auf und gefolgt von seinem leisen Knurren bemerkte ich, wie viel Selbstbeherrschung es ihn kosten musste, sich wie ein normaler Mensch zu benehmen zu müssen. Das Knurren war jedoch alles andere als abschreckend für mich. Es entlockte mir stattdessen ein Stöhnen. Auch wenn die ganze Situation verlockend war, musste ich uns meiner Familie vorenthalten. Nicht, dass sie auf blöde Ideen kommen würden.

Meine rechte Hand ließ ich, immer noch an die Tür gepresst, zur Türklinke wandern und öffnete sie. Wir stolperten rückwärts hinein.

Die Sicht um mich herum verschwamm und ich fand mich von innen an die Tür gepresst wieder. Tyler hielt sich nicht mehr an mir fest, sondern seine Hände stützten links und rechts neben meinem Kopf gegen die Tür, als würde er versuchen, den Abstand zwischen uns zu wahren. Nur seine Stirn lag auf meiner und ich spürte seinen viel zu tiefen Atem.

„Damit habe ich nicht gerechnet", raunte er.

„Mit was?"

„Ich dachte …" Er schluckte einmal, bevor er mit rauer

Stimme fortfuhr.

„Ich dachte, ich bin ein guter Schauspieler … aber in den letzten Minuten hast du mich völlig aus dem Konzept gebracht."

„Ist die Rolle denn so schwer zu spielen?", flüsterte ich.

Er schwieg, doch schaute mir unabkömmlich in die Augen.

„Nein … viel zu leicht."

Nun schwiegen wir beide, denn es war unmöglich, noch mehr Wahrheit in dieses Gerüst aus Schauspiel und Lügen zu bringen, das soeben wie ein Kartenhaus in sich zusammengefallen war.

Kapitel 27: Mila

Die nächsten Atemzüge kamen mir wie Stunden vor. Zu lange - aber dennoch zu kurz.

„Mila - ich …", begann Tyler zu stottern und atmete erneut tief ein.

Plötzlich polterte es an der Tür.

„Hey Leute, seid ihr da drin?!", hörte ich Jennas besorgte Stimme hinter mir durch die Türe.

Tyler brachte seinen Satz nicht zu Ende und ich konnte ihm ansehen, dass es ihn bedrückte, ja, vielleicht sogar wütend machte, denn sein Kiefer war zusammengepresst und in seinen Augen tobte ein Sturm.

„Ja, wir sind hier", antwortete ich ihr. Meine Stimme klang immer noch belegt und auch nicht gerade erfreut über die Unterbrechung. Er wäre bereit gewesen zu reden, ich hatte es im Gefühl.

Nun schlich er unruhig im Zimmer umher und auch ich entfernte mich von der Türe, durch die Jenna sofort eintrat. Ihr entschuldigender Blick sagte mir, dass sie uns nicht unterbrechen wollte. Es war ihr genauso unangenehm.

„Ich wollte euch wirklich nicht stören, aber deine Eltern wurden unruhig und wollten schon nach euch sehen, also dachte ich, es wäre besser, naja, wenn ich nach euch sehe und …"

„Es ist in Ordnung", platzte Tyler dazwischen. „Lasst uns ein paar Sachen packen und aufbrechen."

Tylers Stimme war gefasst. Im Gegensatz zu mir schien er die Situation innerhalb von Sekunden überwunden zu haben und setzte ein perfektes Pokerface auf. So gut ich auch versuchte, das Geschehene zu verbergen, ich wusste, dass mein Pokerface gehörlich verrutscht war.

„Mila? Sachen packen?", versuchte Jenna mich zu erinnern.

Ich nickte nur und ging auf meinen Kleiderschrank zu. Was packte man in seine Tasche, wenn man sich einer Vampirtruppe stellen wollte, um einen anderen Vampir daraus zu befreien? Das war die Frage des Jahrhunderts. Wahllos stopfte ich Oberteile und Hosen in die kleine Tasche, zog mir schnell eine schwarze Jeans und ein weißes T-Shirt an, um den schmutzigen Jumpsuit von meiner Haut zu bekommen.

Zu dritt gingen wir die Treppe herunter, auch wenn Jenna uns nur zur Tür begleitete.

Tyler verließ zuerst das Haus, da er noch eine Überraschung zu meinem Geburtstag vorbereiten wollte, auf die ich ein paar Minuten warten sollte. So war zumindest die offizielle Version für meine Eltern.

Ich verabschiedete mich bei meiner Familie. Die Umarmungen waren fester und länger, auch wenn sie es vermutlich nicht bemerkten. Ich war mir nämlich bewusst, dass die ganze Reise auch länger dauern konnte, als sie vermuteten und ich vielleicht nicht zurückkehren würde. Es lag alles im Bereich des Möglichen.

Nicht einmal zehn Minuten waren vergangen, da klingelte es an der Haustüre und Tyler war da.

Jenna umarmte mich ebenfalls und flüsterte, unhörbar für die anderen, „viel Erfolg" in mein Ohr. Dann holte sie tief Luft und umarmte Tyler ebenfalls. Ein unsicheres Lächeln lag auf ihren Lippen. Aber es war ein Anfang.

Keiner verlor mehr ein Wort im Raum. Ich schaute zu Tyler, der an der Tür stand und mich „zu meiner Geburtstagsüberraschung entführen wollte".

„Bist du bereit?", fragte er mit einem überraschend warmen Unterton in der Stimme. Erwartungsvoll hielt er mir seine Hand entgegen.

Ich ergriff sie und er zog mich liebevoll mit zur Haustüre.

„Ich bin bereit."

Bereit für den Sieg oder die Niederlage, die wir bald einstecken würden.

Vor der Türe stand ein schwarzer SUV. Er machte die Tarnung perfekt.

„Du hast zehn Minuten gebraucht, um uns ein Auto zu beschaffen, dich umzuziehen und einfach so wieder hier zu sein?"

„Jepp!"

Ich schnaubte. Manchmal wäre ich auch gerne so schnell.

Luke hatte uns an jenem Tag mitgeteilt, wo sich Gwens Versteck befand. Jenna wollte immer noch nicht darüber reden, weshalb uns die Info von Luke viel Zeit ersparte.

Die Höhle war ein paar Minuten entfernt und die Straßen waren etwas voller am Morgen, sodass der SUV nicht einmal annähernd seine Leistung zeigen konnte.

Die Stille, die zwischen Tyler und mir im Innenraum des Fahrzeuges herrschte, war unangenehm. Als würde sich eine elektrische Spannung zwischen uns auftun, die jeden Moment drohte, zu explodieren. Und wenn sie das tun würde, würde sie uns vermutlich verletzen. Es dauerte in der Tat weitere zehn Minuten, bis Tyler die Stille brach.

„Du hast also heute Geburtstag. Wann wolltest du mir das eigentlich erzählen?", fragte er mit einem leichten Grinsen auf den Lippen.

„Es hat sich nicht ergeben." Und das war die Wahrheit. Für die normalen Dinge war in meinem Leben nicht mehr viel Platz. Es war einfach zu unwichtig gewesen.

„Du teilst dein Blut, deinen Körper … mit mir … aber erzählst mir nicht, wann dein Geburtstag ist? Ungewöhnlich." Tyler setzte eine Denkermiene auf, sodass ich mein Lachen nicht mehr zurückhalten konnte. Ich hatte die Ernsthaftigkeit in seinen Worten gehört, doch ich wollte einfach nicht darüber nachdenken. Ich versuchte alle Gedanken, die mich bei unserer Aktion stören konnten, in den Hintergrund zu schieben.

„Was ist an all dem noch gewöhnlich?", fragte ich ihn schließlich.

„Mila, seitdem ich dich das erste Mal gesehen habe, warst du für mich ein ungewöhnliches Wesen. So schreckhaft und doch so mutig."

Seine Worte wärmten mein Herz.

„Mutierst du nun doch noch zu dem Germanisten, den

du gespielt hast?"

„Das habe ich nicht gespielt."

Ich lachte, doch Tyler nicht.

„Du hast Germanistik studiert?!"

Er nickte. Ich schnaubte.

„Für gewöhnlich erfährt man so etwas auf ersten Dates, habe ich gehört. Aber wir sind ja nicht gewöhnlich, nicht wahr?" Und nun musste ich über meine eigenen Worte schmunzeln.

Dann begann Tyler aus tiefstem Herzen zu lachen, so wie ich es noch nie gehört hatte. Es klang wundervoll.

„Du willst ein Date mit mir?", fragte er amüsiert.

„Vielleicht. Wenn wir den Tag überstehen, überlege ich es mir."

Wir schmunzelten beide vor uns hin und schwiegen. Es lag mehr Wahrheit als Witz in diesem Satz, das wusste ich. Aber darüber wollte ich nicht nachdenken, solange wir nicht lebend aus der Höhle draußen waren.

Nach weiteren zehn Minuten parkte Tyler das Auto in der Nähe der Höhle, damit uns die Vampire nicht kommen sahen. Er ließ den Motor verstummen und starrte in die Richtung, in die wir uns gleich begeben mussten.

Mit einem Ruck öffnete ich die Beifahrertür, doch als ich aussteigen wollte, hielt Tyler mich an meiner Hand und zog mich sanft zurück in den Wagen. Als ich mich zu ihm gewandt hatte und fragen wollte, warum wir warteten, bemerkte ich etwas dünnes und kaltes an meinem Handgelenk.

„Happy Birthday, Mila", flüsterte Tyler.

Ohne Worte betrachtete ich das silberne Armband, das mit kleinen roten Diamanten versehen war. Es war wunderschön.

„Es ist etwas makaber, aber es erinnert mich an kleine Blutstropfen und da du mir dein Blut gibst, wollte ich dir davon etwas zurückgeben. Wenn du es natürlich nicht tragen willst, dann …"

„Es ist perfekt", wisperte ich, während ich mir jeden einzelnen Stein genau anschaute.

„Ich gebe dir einen Tipp: behalte dein Blut da drin für dich." Tyler schmunzelte, während er über meine Hand mit dem Armband streichelte.

„Ich gebe mein Bestes", sagte ich mit fester Stimme. Dabei fiel mein Blick auf meine Hand. „Mist. Ich habe den Ring zu Hause gelassen. Es ging alles so schnell."

„Du brauchst ihn nicht. Die Kraft ist in dir und ich weiß, dass du sie nutzen kannst. Und Gwen wird dich nicht manipulieren. Wir sind zwei starke Vampire. Soweit lassen wir es nicht kommen."

Ich schluckte, nickte Tyler zu und öffnete die Autotür. Bereit, in den Kampf zu ziehen.

Kapitel 28: Luke

Meine Zähne waren immer noch in Leandras Halsschlagader verkeilt, auch wenn seit ungefähr einer Minute kein Blut mehr daraus zu holen war. Stattdessen liefen mir zirka hundert Milliliter die Mundwinkel herunter und zuvor sechs Liter in meine Kehle. Bis zum letzten Schluck hatte ich es getrieben, es nicht einmal für eine Sekunde unterbrochen. Ich fühlte mich stärker als in den letzten Monaten, doch die Stärke war nicht positiv, sondern kräftezehrend. Die Hälfte meines Gewissens hatte sie schon mitgenommen. Ich zog meine Zähne aus ihr heraus und ließ den blassen Körper neben den Tisch sinken. Gwen hatte mir zwischenzeitlich zugeflüstert, dass sich jemand darum kümmern würde. Es sollte mir recht sein, ich hätte dem Wesen nicht mehr in die Augen schauen können. Die anderen waren schon lange vom Tisch getreten und gingen ihrem Alltag in der Höhle nach. Wohin Gwen verschwunden war, konnte ich nicht sagen. Doch ich spürte sie in mir. Ich konnte mir nicht erklären warum, aber in meinen Gedanken flüsterte jemand die ganze Zeit ihren Namen. Kaum hörbar, aber er war da. Als würde sie direkt vor mir sitzen, aber ich konnte sie nicht sehen.

Innerhalb einer Sekunde war ich in dem mir ausgewählten Zimmer. Ich konnte zwar nicht aus dieser Höhle heraus, aber ich wollte ausbrechen, auch wenn es nur aus meinen eigenen Gedanken war. Der Spiegel in meinem

Badezimmer zeigte mir das Elend nur umso deutlicher. Meine Augen waren so schwarz wie das Loch im Weltall. Nur, dass es mich auch auf der Erde verschluckte.

Mit einem Mal schrie ich. Ich schrie laut und schlug direkt auf den Spiegel ein, der vor mir in tausend Teile zerbrach.

Keuchend schaute ich auf die Stelle, an der der Spiegel hing. Wütend und mörderisch. Sollten diese Adjektive mein ewiges Leben füllen?

„Du musst es akzeptieren."

Als ich mich umdrehte, lehnte Gwen in der Tür.

Ich schüttelte verzweifelt den Kopf. Die Worte, die ich ihr an den Kopf werfen wollte, formten sich nicht mehr richtig in meinen Gedanken. Sie wurden von der Wut in alle Richtungen geschleudert.

„Ich will kein Monster sein."

„Du kannst dich schon einmal daran gewöhnen, hier gibt es jeden Abend jemanden zum Abendessen. Entweder jeden Abend die gleiche Person oder wenn du sie umbringst, eben eine andere."

„Ich werde niemanden mehr töten!", schrie ich sie an.

Langsam kam sie auf mich zugelaufen. Das Hallen beim Aufsetzen ihrer High Heels füllte den Raum, bis sie vor mir zum Stehen kam.

„Du wirst merken, dass es nicht dein Wille ist, der hier die Entscheidungen beeinflusst - sondern meiner."

Sie zwinkerte mir zu, lachte grässlich und verschwand wieder aus meinem Zimmer.

Und plötzlich zeigte sich mir ein Gedanke hinter dem

Frust und der Wut, dem ich versuchte keinen Glauben zu schenken. Doch es machte Sinn: Denn selbst dieser war nicht mein Gedanke, es war ihrer. Ihr Gedanke, ihr Wille.

Kapitel 29: Mila

Der Weg in die Höhle war lang und dunkel, doch Tyler führte mich mit seinen Sinnen so gut er konnte. Wir vermuteten, dass unsere Anwesenheit aufgeflogen war und mit Absicht nicht auffällig gehandelt wurde. Gwen würde sich unser Dasein niemals entgehen lassen, meinte Tyler.

Meine Beine fühlten sich mittlerweile so schwer an, doch ein sanfter Lichtschimmer war am Ende des Ganges zu sehen. Nach so langer Zeit im Dunklen taten meine Augen bei diesem Anblick weh, doch ich traute mich nicht im Geringsten, sie auch nur kurz zu schließen. In Sekunden könnte es vorbei sein. Dieser Gedanke war präsent, seitdem wir die Höhle betreten hatten.

Den Anfang des Lichtkegels hatten wir erreicht und mir offenbarte sich die Pracht einer ausgebauten Höhle, die mich erschlug. Es war mit einem Palast zu vergleichen und hatte nichts mit einer jahrhundertalten Steinzeithöhle zu tun.

„Wow", flüsterte ich leise zu mir selbst.

„Schön hier, nicht?", hörte ich eine reine und liebevolle Stimme aus dem gegenüberliegenden Teil des 'Zimmers'.

„Gwen", grüßte Tyler die Frau gelassen.

Hätte ich Gwen auf der Straße getroffen oder in einem Café sitzen sehen, wäre es eine der ersten Personen gewesen, auf die ich zugegangen wäre. Sie sah vertrauensvoll, lieb und wunderschön aus. Ihre goldenen Haare wellten sich leicht über ihre Schultern. Ihre Augen waren so grün wie Lukes und je näher sie uns kam, umso weiter versuchte ich, mich in dieser vertrauten Farbe nicht zu verlieren. Doch waren die Jäger für die Beute nicht meist anziehend?

„Mein Gefühl hat mir gesagt, dass ihr früher oder später hier auftauchen würdet."

Sie beachtete uns gar nicht richtig, sondern setzte sich an einen überdimensional großen Tisch, der in der Mitte des Raumes stand.

„Was kann ich für euch tun?", fragte sie wie die Mitarbeiterin eines Geschäftes, wenn man nach der seltenen Dosensuppe suchte, ohne sie zu finden. Vermutlich war es ihr wirklich egal, dass wir aufgetaucht waren. Als hätten wir überhaupt keine Chance, ihren Plan zu durchkreuzen. Sie strahlte solch eine Sicherheit aus, dass es mich verängstigte.

„Schwesterchen, ich will dich ja nicht lange aufhalten, deswegen wäre ich dir verbunden, wenn du uns einfach sagst, wo sich Luke befindet."

„Oh ein Familientreffen, wie toll!", jubelte sie begeistert, während sie in die Hände klatschte und die Töne in den Wänden der Höhle widerhallten. Es war erschreckend.

In kleinen Schritten gingen wir weiter auf sie zu. Es fühlte sich an, als würde Tyler sich am liebsten von mir losreißen wollen, um ihr an die Gurgel zu springen. Doch bevor wir die Höhle betreten hatten, hatte er mir versprochen, mir nicht ungeplant von der Seite zu weichen. Es sei zu gefährlich. Wie in einem Zwinger voller Löwen.

„Eine Familie, die du erzwingst? Du hast doch so viele Verbündete, kannst du dich nicht mit denen zufriedengeben?"

Die Konversation zwischen den beiden zu verfolgen, fühlte sich nicht real an. Vielmehr, als würde ich sie in einem Buch lesen, anstatt dabei zu sein.

„Du musst Mila sein, schön dich kennenzulernen", rief Gwen die wenigen Meter zu mir herüber. Und nun war ich nicht mehr die Erzählerin, die die Geschichte aus jedem Blickwinkel beobachten konnte, ohne selbst im Geschehen zu sein. Nun war ich ein Teil davon.

„Gleichfalls" versuchte ich so mutig wie möglich zu entgegnen.

Plötzlich tauchte in einer anderen Ecke ein Mann auf, der mir nur allzu bekannt vorkam: Luke.

Mein Herz machte einen Freudensprung, als ich sehen konnte, dass er unversehrt war. Er kam langsam auf uns zu, sagte kein Wort und blieb abseits von Gwen stehen.

„Taff ist sie ja. Mal sehen, wie sie sich im Umfeld von so vielen Vampiren schlägt." Gwen bleckte ihre Reißzähne in meine Richtung, jedoch ohne mir näherzukommen.

Gleichzeitig entfuhr Tyler und Luke ein Fauchen, so tief und furchteinflößend ich es noch nie von ihnen gehört hatte. Ein Wimpernschlag später hatte Tyler mich hinter seinen Rücken gezogen und Luke hatte Gwen einen Arm um den Hals geschlungen, als könnte er ihr den Kopf in weniger als einer Sekunde abreißen.

Gwen bewegte sich keinen Millimeter, sie zuckte nicht einmal zusammen.

„Uh, das könnte noch lustig werden", waren die einzigen Worte, die aus ihren strahlenden Lippen kamen. Luke schlich sich ein paar Schritte von Gwen zurück.

Ich schaute Tyler an, der sich unauffällig zu mir herumgedreht hatte. So vorsichtig wie möglich, begann ich unser vereinbartes Codewort zu flüstern und somit waren wir beide bereit, den ausgeheckten Plan durchzuführen.

„Jetzt", entkam es meinen Lippen. Tyler und ich begaben uns sprunghaft in Bewegung, um dem ganzen Trauma ein Ende zu setzen.

Kapitel 30: Luke

Kurz dachte ich, die Situation würde sich beruhigen. Nur im Augenwinkel sah ich, wie sich Milas Lippen bewegten und das Wort „jetzt" formten. Sie hatten einen Plan. Milas Bewegungen konnte ich mit meinen Augen einfach nachverfolgen: Sie sprintete in Gwens und meine Richtung und in ihrem Blick konnte ich erkennen, dass ihr Plan aufging. Gwens Aufmerksamkeit war voll und ganz auf sie gerichtet. Und in diesem Moment sprang Tyler seitlich mit seiner unfassbaren Schnelligkeit auf Gwen zu.

Sie wollten dem ganzen Rasch ein Ende setzen.

Es dürfte nur eine Sekunde dauern, Gwen zu verwunden, sodass sie später mit dem Tansanit getötet werden könnte.

Doch ich konnte nach 0,47 Sekunden erkennen, dass die beiden keine Chance gegen sie hatten.

Milas Blick gelang es erst viel zu spät, Tylers Niederlage zu erkennen. Die Angst, die zuvor in ihren Augen zu sehen war, schlug in Verzweiflung um, als sie zu ihm blickte.

Er versuchte Gwen von der Seite zu überwältigen, doch sie war so blitzschnell, selbst für einen Vampir unkontrollierbar. Ihre Arme wirbelten durch die Luft, sodass Tyler ihre Bewegungen sicher nicht wahrnehmen konnte. Mit einer Hand umfasste sie seine Handgelenke hinter seinem Rücken und den anderen Arm schlang sie um seinen Hals. Sofort wurde er auf die Knie gedrückt.

„Bitte nicht!", schrie Mila, als die Situation zu ihr durchdrang. Sie sah so gequält aus, dass ich sie am liebsten einfach in meine Arme gezogen hätte, um sie zu trösten.

Tyler knurrte laut und versuchte sich in ihren Armen zu winden. Es gelang ihm aber nicht.

„Damit habt ihr beiden jetzt nicht gerechnet, oder? Mila, wenn du immer noch näherkommen möchtest, bist du herzlich dazu eingeladen." Gwen klang fröhlich, als wäre sie nicht gerade von ihrem eigenen Bruder angegriffen worden.

„Wenn du ihr auch nur ein Haar krümmst, dann bring ich dich um!", zischte Tyler in ihren Armen.

„Ich tue ihr jetzt nichts, keine Angst."

Tyler schaute verwirrt. Im nächsten Moment stieß Gwen einen schrillen Pfiff aus. Innerhalb zwei Sekunden waren vier Vampire um uns herum versammelt, die Mila gierig ansahen, als wäre sie nichts als Nahrung.

„Nein … nein … bitte! Bitte tut mir nichts …", flehte Mila, während die Vampire immer weiter auf sie zuschritten.

„Wenn du dich jetzt wehrst, Mila, dann siehst du die Brüder nicht so schnell wieder", rief Gwen in ihre Richtung.

Mila schaute mich mit Tränen in den Augen an. Sie rief mir zu, dass ich ihr helfen sollte. Tyler schrie ebenfalls in meine Richtung.

Die Vampire packten sie an ihren Armen, schnell und grob zerrten sie sie zu einem abgelegenen Raum.

Weitere Hilfeschreie der beiden drangen zu mir durch, doch alles was ich tun konnte, war auf der Stelle stehen zu bleiben und mich ihnen nicht zu nähern. Ich konnte nicht und ja vielleicht verbat es mir meine innere Wut ebenfalls. Tyler und Mila. So sollte es einfach nicht sein, flüsterten meine verbitterten Gefühle. Mein Gewissen und meine Wut waren sich uneinig, ob es jetzt eine bessere Zukunft für mich war. War es vielleicht richtig, mich Gwen angeschlossen zu haben?

Egal, welche Entscheidung sich als richtig herausstellen sollte: Ich durfte gerade nichts tun, konnte nichts tun. Also ließ ich meine explosiven Gefühle in mir kämpfen und schaute dabei zu, wie sie Mila von uns wegbrachten.

Kapitel 31: Tyler

Ich spürte noch, dass mein Genick zweimal von Gwen gebrochen wurde, als ich meine Augen öffnete und erkannte, dass ich mich in einer Zelle befand. Der Schmerz ließ nach, auch wenn er immer noch so stark war, dass kein Mensch ihn jemals aushalten könnte.

Wie genau ich hierhergekommen war, wusste ich nicht mehr. Die Erinnerungen waren weg. Hier in der Zelle war es kälter als im Eingangsbereich der Höhle. Vermutlich lag sie weiter unten. Es war dunkel, die Stangen, mit denen die Zelle verriegelt wurde, waren rostig und die grauen Steinwände feucht. Der modrige Geruch war widerlich.

Trotz der Schmerzen versuchte mein Verstand zu arbeiten. Gwen ist stark. Natürlich, sie ist ein bisschen älter als ich, doch dass sie solch eine Kraft und taktisches Gefühl besitzt, hätte ich nicht erwartet.

„So schnell hat mich noch nie jemand überlistet", flüsterte ich vor mich hin, während ich mich abermals darüber aufregte und neue Pläne schmiedete.

„Wir können sie nicht überlisten", hörte ich eine Stimme nicht weit entfernt von mir. Vermutlich kam sie aus der Zelle nebenan.

„Luke?"

„Ja."

Danach schwiegen wir beide. Natürlich wollte ich seinen Worten nicht glauben, doch er war schon ein paar

Tage hier mit ihr zusammen und wusste vielleicht mehr über sie.

Meine Wut über Gwen wollte nicht abklingen und die Gedanken kreisten weiter darum, wie ich sie so schnell wie möglich töten konnte. Aber es war nicht nur Gwen, auf die ich wütend war.

„Warum hast du Mila nicht geholfen?!", zischte ich, während ich immer noch gegen die Wand gelehnt dasaß.

Schweigen.

„Ich weiß, dass du mich hören kannst, also antworte mir gefälligst!"

Auch nach einer Weile schwieg er mich immer noch an. Seinen Atem konnte ich hören, er hatte sich verschnellert, nachdem ich ihm die Frage gestellt hatte.

„Es ging um Mila, nicht um uns, Luke. Du hättest ihr helfen können", hörte ich mich selbst sagen. Ich sah nur noch Milas ängstliches Gesicht vor mir und wie die Vampire sie aus dem Raum geschleppt hatten. Mit jedem Menschen hätten sie es machen können, aber nicht mit Mila. Und Luke - er hat einfach nur zugesehen. Als hätten sich unsere Rollen vertauscht, war mein erster Gedanke. Luke der eiskalte Vampir und ich, geplagt von den Gefühlen, die sich gerade wie Fesseln um meine Knöchel legten.

„Ich … ich konnte nicht." Es waren zitternde Worte, die durch die dicken Mauern drangen. Voller Qual, aber auch Wut.

„Können? Du hättest mir einfach helfen können. Dann hätten wir genug Kraft gehabt, um ihr innerhalb einer Sekunde das Genick zu brechen! Mit dem Tansanit hätten

Mila und ich sie anschließend auch allein erledigen können!", schrie ich durch die Mauern hindurch.

Lukes erneutes Schweigen machte mich rasend und am liebsten hätte ich ihm gerade das Genick gebrochen. Seine Antwort ließ wieder Minuten lang auf sich warten.

Gerade wollte ich ihn weiter anschreien, als ich ein Schluchzen aus seiner Richtung vernahm.

„Luke?"

„Ich hätte Mila helfen sollen, oder dir, aber ich … ich kann nicht."

„Wieso, verdammte Scheiße, hast du es dann nicht getan?!", schrie ich.

Lukes Atem ging in Stößen und ich hörte seine Verzweiflung durch die Steinmauern hindurch. Doch ich war wütend, deshalb konnte er gern leiden.

„Wieso nicht? Erklär es mir!", presste ich erneut hervor.

„Nein … ICH KANN NICHT!"

Ich hörte, wie Luke nun vollends in Tränen ausbrach. Irgendetwas stimmte hier ganz und gar nicht. Und wenn Luke es mir nicht erklären konnte, dann musste ich es von jemand anderem erfahren.

Kapitel 32: Mila

Sie waren zu viert. Ich war allein - allein und zerbrechlich. Vielleicht sollte ich mich wehren, doch ich wusste zu gut, dass das nicht funktionieren würde. Bei Luke und Tyler konnte ich versuchen, mich zu wehren. Sie waren es mittlerweile gewohnt, mit einem Menschen umzugehen oder hegten sogar Gefühle für einen. Aber wie sollte ich es mit Vampiren aufnehmen, die in einem Menschen nur das pochende Blut in den Adern sahen?

Also ließ ich mich einfach mitziehen. Ich fühlte mich schwach. Meine Kräfte hatten mich an dem Zeitpunkt verlassen, als Luke untätig dabeistand, als mich die vier Vampire kidnappten und Tyler von Gwen das Genick gebrochen wurde. Luke stand einfach nur da und schaute zu. Als wäre das letzte Jahr komplett an ihm vorbeigezogen. Als hätte ich ihm nie etwas bedeutet.

Schon spürte ich den ersten Biss an meinem Handgelenk. Der reißende Schmerz durchfuhr mich und kurz blieb mir die Luft weg. Die Geschwindigkeit, mit welcher der Vampir mir das Blut aus dem Körper saugte, beängstigte mich. Trotzdem versuchte ich meine Gedanken beisammenzuhalten. Ich musste mir einen neuen Plan überlegen, Gwen zu überwältigen. Sie würde uns nie in Frieden lassen. Mindestens einer der Brüder müsste sich ihr für immer anschließen und das würde ich nicht zulassen.

Der zweite Biss in mein anderes Handgelenk folgte nun

dem ersten. Die anderen beiden Vampire, die noch nicht das Vergnügen hatten, schauten begierig zu. Man konnte ihnen das Verlangen in ihren Augen ansehen und ich wusste nicht, wie lange ich dem Ganzen noch standhalten konnte.

Etwas weiter entfernt hörte ich Absatzschuhe auf dem steinernen Boden laufen. Mit getrübtem Blick, was vermutlich am Blutverlust lag, konnte ich Gwen auf uns zukommen sehen.

„Oh Mila. Wann begreifst du endlich, dass ihr keine Chance gegen mich habt?", war ihre erste Frage, als sie sich entspannt gegen den Türrahmen lehnte.

Da ich ihr nicht antwortete, entfuhr ihr ein schnippisches Lachen.

„Dabei wird dir auch der Tansanit nicht helfen. Ich habe schon viel stärkere Mächte besiegt. Gerade du wirst mir meinen Plan nicht versauen."

Und dann spürte ich den dritten Biss. Ich wollte jetzt nicht sterben, doch wenn ich den Tansanit nun gegen die vier Vampire einsetzen würde, dann hätte ich nicht mehr genug Kraft, um gegen Gwen zu kämpfen.

„Darek, Marc, Antony … es reicht jetzt. Sie soll nicht durch euch sterben. Das möchte ich tun und ich werde es genießen", waren Gwens Worte, über die ich mich ausnahmsweise freute.

Zwei der drei Vampire lösten sofort ihre Zähne von mir. Doch einer blieb und saugte weiter an meinem Hals. Ich war kurz davor, das Bewusstsein zu verlieren.

„Darek, hör auf!", rief Gwen noch einmal in einem

lauteren Ton. Doch Darek löste sich nicht von meinem Hals, sondern stöhnte eine Verneinung, während er weiter mein Blut trank.

Meine Augen fielen zu. Ich versuchte sie offen zu halten, doch ich wollte einfach nur schlafen und mich der Müdigkeit hingeben.

Als ich meine Augen das nächste Mal geschlossen hatte, wurden die Zähne mit einem Ruck aus mir herausgezogen und ich war für eine kurze Zeit vor Schmerz hellwach.

Gwen hielt Darek am Nacken gefasst, auch wenn er sich wehrte und wieder an mich heranwollte. Dann drehte Gwen seinen Kopf ein wenig zu sich und schaute ihn ernst an.

„Du wirst jetzt aufhören, von ihr zu trinken", sagte sie in einem ganz gesitteten Ton.

Darek entspannte sich sichtlich und starrte Gwen weiter an.

„Natürlich" entgegnete er, stand auf und verließ den Raum.

Und in diesem Moment machte es selbst in meinem getrübten Kopf klick, denn ich wusste, wie er sich fühlte. Er fühlte sich kontrolliert.

Er wurde manipuliert.

Doch mein Gehirn arbeitete durch den Blutverlust noch langsam und im nächsten Moment begriff ich erst, dass Darek ein Vampir war. Er war ein Vampir und trotzdem hatte es gewirkt.

Ernüchterung machte sich neben der Müdigkeit in mir

breit, denn so begann ich zu verstehen und merkte ebenfalls, dass wir keine Chance gegen Gwen und ihre Verfolger haben würden …

Kapitel 33: Luke

Erst nach einigen Minuten fiel mir auf, dass das laute Schluchzen von mir selbst stammte, das in den feuchten Wänden widerhallte. Mir war kalt, auch wenn ich wusste, dass ein Vampir nicht richtig friert. Immer und immer wieder gingen mir die Bilder durch den Kopf, wie die vier Vampire Mila wegzerrten und sie mich verzweifelt anflehte, ihr zu helfen. Mittlerweile hatte mein Gewissen über meine Wut gesiegt. Egal, was in den letzten Monaten passiert war, das hatte Mila nicht verdient. Tyler hatte recht, dass es nicht um uns beide ging. Mir wäre es auch gleichgültig gewesen, ob ich Tyler in diesem Moment bis zum Tod nicht ausstehen konnte, ich hätte den beiden geholfen. Es ging nun mal um meinen Bruder und um Mila.

Ein klirrendes Geräusch ließ mich aufschrecken. Meine Zelle wurde geöffnet. Mila stand davor, ihr ganzer Körper war mit Blut beschmiert und sie konnte sich kaum auf den Beinen halten.

„Also du kannst es dir aussuchen. Entweder du bleibst mit ihm zusammen hier drin oder ich schicke ihn wieder zu Gwen." Der Vampir nickte einmal in meine Richtung.

„Sie hat wohl noch einiges mit ihm vor", flüsterte er lachend in Milas Ohr. Sie versuchte sich von ihm zu entfernen, was seinen Griff nur noch fester werden ließ.

„Ich gehe", sagte ich entschlossen. Mila blutüberströmt in meiner Nähe zu haben, konnte ich nicht lange ertragen.

„Nein. Er kann hier drinbleiben", sagte sie mit

kratziger Stimme und schaute zu mir, „sie wird dich nur noch mehr zerstören, das lasse ich nicht zu."

Im nächsten Moment schubste der Vampir Mila in die Zelle, in der sie unsanft auf dem Boden landete. Nur schwer konnte sie sich hinsetzen und krabbelte mit schmerzverzerrtem Gesicht an die mir gegenüberliegende Wand.

Jetzt brannte nicht nur meine Seele vor Schmerz, sondern auch mein gesamter Brustkorb vor Verlangen nach ihrem Blut, das fast überall auf ihrer Haut schimmerte.

„Du hättest mich gehen lassen sollen. Ich weiß nicht, wie lange ich es schaffe, so in deiner Nähe zu sein." Bei den Worten stiegen mir Tränen in die Augen. Wenn ich nur daran dachte, dass ihr das alles wegen mir zugestoßen war und sie in meiner Nähe in Gefahr schwebte, hätte ich mir am liebsten selbst das Herz herausreißen können.

„Wir überleben das", waren die einzigen Worte, die mit einem Flüstern ihre Kehle verließen.

„Ich kann dich nicht heilen. Ich möchte im Moment nur Dinge tun, die dir wehtun und die dich womöglich umbringen könnten. Du musst hier rauskommen. Ich halte das nicht mehr lange aus. Meine Wut, meine Gier … sie ist zu stark."

Die Worte verließen meinen Mund und ich bemerkte, dass ich schon hin- und herwippte, weil ich mich irgendwie ablenken musste. Ihr Blut roch viel zu gut.

„Ich werde dich nicht davon abhalten, wenn du es willst, dass weißt du. Und, was ich dir noch sagen wollte. Es tut mir leid, wie das alles gelaufen ist … deine Wut auf mich ist berechtigt."

„Mila, ich werde dich auch nicht davon abhalten, wenn du es willst. Denn ich weiß, wie schwierig es ist, zu widerstehen."

Auch wenn wir beide verschiedene Dinge meinten, wussten wir, was gemeint war. Ich konnte sie nicht zwingen mit mir zusammen zu sein. Außerdem hatte ich das Strahlen in ihren Augen gesehen. Es sollte immer so leuchten. Das Leuchten war der Grund, warum sich meine Wut dämpfte, als ich erneut in ihre Augen blickte.

Doch ich konnte mich nicht mehr auf diese Gedanken konzentrieren.

Kaum hatte sie diese Worte ausgesprochen, in denen sie mir ihr Blut erlaubte zu trinken, bemerkte ich, wie sich mein Körper auf sie zu bewegte.

Ich darf das nicht zulassen.

Ein Schrei entfuhr mir und ich versuchte mich an die Wand zu drängen, damit ich ihr nicht mehr näherkam.

„Es soll aufhören … einfach aufhören!", schrie ich lauter, um die Stimmen in meinem Kopf zu übertönen, die mir sagten, dass ich Mila meine Zähne in den Hals rammen sollte. Mein Herz schlug immer schneller. Die Stimmen in meinem Kopf überlagerten sich nun, jede sagte mir etwas anderes.

Nimm ihr Blut. Tu ihr weh. Du bringst sie um. Du bist abgrundtief schlecht. Das wird sie dir nie verzeihen. Du hast ihr nicht geholfen. Es ist alles deine Schuld …

„Ich bin stärker, als du denkst, Luke", sagte Mila, nun mit mehr Kraft in der Stimme.

„Ich wünschte, das könnte ich auch von mir sagen", entfuhr es mir und ich ging zu ihr.

Meine Zähne fanden ihren Weg augenblicklich zu der Wunde an ihrem Hals und ich vergrub sie darin.

Während ich ihr abermals das Leben aussaugte, liefen mir Tränen die Wangen herunter. Nach wenigen Schlucken schaffte ich es, mich ihr zu entreißen.

Ich zwängte mich in die hinterste Ecke, schlang meine Arme um meine Beine und weinte. Nur einen kurzen Blick warf ich auf sie. Ihre Augen waren geschlossen, derweil ihr blutender Körper auf dem kalten Boden lag. Ihre Atmung ging außergewöhnlich schnell und man konnte sehen, wie sehr sie kämpfte. Wegen mir kämpfen musste.

Meine Qual ließ sich nicht mehr unterdrücken und ich wusste, wenn irgendein Bestandteil meines Körpers sterben könnte, wäre es meine Seele gewesen.

Sie war in tausend Teile zersprungen, die von innen in meinen Brustkorb stachen, in der Lunge die Luft zum Atmen entweichen ließen und mein Herz in den Tod brachten, auch wenn ich eigentlich noch lebte.

„Nein, das ist zu kurz. Nehmen wir das zweite. Es ist passend für den Anlass."

„Welches Kleid ist denn bitte passend für eine Hinrichtung?" Josh schaute mich vorwurfsvoll an, auch wenn er danach sein Grinsen auflegte.

„Naja, man sollte doch mit Würde sterben. Oder zumindest gut angezogen, oder?", entgegnete ich ihm.

„Den Männern wird es das Herz brechen." Josh lehnte an der Wand zu meinem Schlafgemach und schaute zu Boden. Wurde er jetzt etwa sentimental?

Ich antwortete ihm nur mit einem Schnauben.

„Es geschieht ihnen recht. So lange habe ich auf eine Gelegenheit gewartet, sie zu mir zu holen … oder sie eben zu zerstören."

„Ist das nicht ein bisschen hart? Du hast doch uns alle und mich. Wir könnten doch auch so ein spannendes Leben führen. Du brauchst deine Brüder nicht, vor allem nicht dieses belanglose Mädchen. Sie ist nichts gegen dich", schwärmte Josh.

Ich wusste, dass es alles war, was er wollte. Mich.

Mit schnellen Schritten stand ich bei ihm an der Wand. Quälend langsam nahm ich sein Gesicht in meine Hände, um seinen Blick auf mich zu wenden.

„Wenn das hier alles vorbei ist, dann gibt es nur noch uns zwei."

Ich ließ so viel Überzeugung in diese Worte fließen,

dass ich den Glauben daran im nächsten Moment in seinen Augen ablesen konnte.

Ein Lächeln erschien auf seinen Lippen und er küsste mich. Es fühlte sich falsch an, aber bald brauchte ich ihn nicht mehr. Solange konnte ich das noch aushalten.

„Bist du bereit für den großen Abend?", flüsterte ich an seinen Lippen.

„Ich kann es kaum erwarten. Wie besprochen werde ich alle restlichen Vorbereitungen treffen."

„Perfekt."

Kapitel 35: Mila

Als ich endlich wieder Geräusche um mich herum wahrnahm, spürte ich nur noch Schmerzen. Die Bisse der Vampire hatten mich geschwächt und ich überlegte krampfhaft, wie ich so gegen Gwen ankommen sollte. Vor allem dann, wenn sie jeden Vampir nach ihrem Willen handeln lassen konnte - sogar Tyler und Luke.

„Du sollst mitkommen", hörte ich eine tiefe Stimme in meine Richtung rufen.

Ich öffnete meine Augen, auch wenn mich Schwindel plagte und mein Kopf brummte.

Einer von Gwens Handlangern stand am Eingang der Zelle und wartete auf mich. Jetzt war es soweit.

Noch einmal schaute ich zu Luke, der immer noch zusammengekauert in der Ecke der Zelle saß. Er zitterte am ganzen Körper. Da wurde mir bewusst, dass Gwen mächtig war. Viel zu mächtig. Sie hatte ihn zerstört. Selbst wenn wir das hier überleben würden, wusste ich nicht, wie Luke je wieder der Alte werden sollte.

„Kann ich noch eine Minute haben?", fragte ich den jungen Mann.

Er überlegte kurz, bis er sich ein paar Meter von der Zelle entfernte und um die Ecke schaute, aus der er gekommen sein musste.

„Aber nur eine Minute."

Mit wackeligen Beinen zog ich mich an der Wand hinauf und ging auf Luke zu. Ich beugte mich zu ihm herunter und blieb direkt vor ihm in der Hocke sitzen. Vorsichtig bewegte ich meine Hand auf seine Wange zu, die er mitsamt seinem ganzen Gesicht in seinen Händen vergraben hatte.

Bei meiner Berührung zuckte er sofort zusammen und schluchzte.

„Ich habe es nie bereut, dich getroffen zu haben. Wenn wir das hier schaffen, retten wir auch dich … und deine Seele."

„… Mach, dass es aufhört", krächzte Luke.

„Ich mache, dass es aufhört, versprochen."

Zum Abschied küsste ich ihn auf die Stirn, auch wenn er darauf nicht reagierte, hoffte ich, dass er es innerlich spürte.

Langsam begab ich mich in Richtung der anderen Zelle. Ich wusste, dass Tyler dort auf mich wartete und das war auch der Grund, warum ich dort nicht hinwollte. Dieser Abschied war nicht zu ertragen.

Dort angekommen, saß er ebenfalls an die Wand gelehnt und schaute ins Leere. Als er mich sah, kam er geradewegs zu den Gittern der Zelle. Wir schwiegen beide, ich spürte seinen Atem auf meinen Wangen, so nah standen wir uns.

„Du schaffst das", sagte er mit rauer Stimme und schaute mir dabei tief in die Augen. „Deine Kräfte sind stark und du weißt sie mittlerweile einzusetzen."

„Aber was, wenn ich nicht stark genug bin?"

„Dann will ich dir hier und jetzt sagen, dass du für mich

die stärkste Frau bist, die ich je gesehen habe. Du bist alles, was ich mir wünsche, hier nach zusehen und bei mir zu haben. Ich liebe dich, Mila Brennan - und diese Liebe ist für immer, wenn du das auch willst."

Mein Atem stockte, als er mir dieses Geständnis machte. Gerne wollte ich länger über meine Wortwahl nachdenken, wollte ihm meine Gefühle zeigen, doch die Zeit lief uns davon.

„Ja, ich will diese Liebe für immer", flüsterte ich.

Gerade als Gwens Handlanger mich holen wollte, griff Tyler durch das Gitter und schaute mir noch einmal tief in die Augen.

„Für immer. Bist du dir sicher?"

Und ich musste keinen Moment zögern.

„Für ewig", beteuerte ich ihm.

Dann nahm er mein Gesicht in seine Hände und küsste mich mit so viel Liebe, wie ich es zuvor noch nie verspürt habe.

Doch sein Kuss war mehr als Liebe für mich.

Von da an wusste ich - es wird für immer sein.

Kapitel 36: Tyler

Für immer. Das waren die Worte, bevor sie gehen musste.

Und nun war ich allein in meiner Zelle. Neben mir Luke, der kein Wort mit mir redete.

„Luke?"

Keine Antwort. Was hatte ich auch erwartet?

„Luke, ich weiß, ich sage das nicht oft. Oder ich glaube, ich habe das noch nie gesagt, aber … es tut mir leid."

Selbst jetzt wollte mir mein Ego noch einen Strich durch die Rechnung machen und die Worte zurückhalten, aber sie waren wahr. Ich wusste es, seitdem ich mit Luke gekämpft hatte. Seitdem ich ihm Mila weggenommen und nur für mich gesorgt hatte. Immer hatte ich gesagt, dass ich gegen ihre Beziehung vorgehen werde, damit sich die Geschichte nicht noch einmal wiederholte. Aber Mila war schon immer anders als Johanna oder Annabell, das hatte ich von Anfang an gesehen. Und egal, wie ich gegen meine Gefühle angekämpft hatte, sie waren durch mein kaltes Herz gestoßen und hatten es leuchten lassen. Mit jedem Mal mehr, auch wenn ich es nicht zugeben wollte. Ich hatte viel zerstört, um an diesen Punkt zu kommen, wo wir jetzt waren. Ich würde nicht alles rückgängig machen, was ich getan hatte, aber einiges. Ich würde fair um Mila kämpfen und dabei weniger meine Familie und sie selbst zerstören.

Ich war mir sicher, dass wenn wir hier heil

rauskommen würden, wir für alles eine Lösung finden mussten. Und egal, wie wenig sie mir gefallen würde, ich würde alles dafür tun, dass es Mila und Luke wieder gut geht.

„Bitte Luke, sag, dass du mich hörst. Luke, wenn du nicht mehr kämpfen kannst, dann kämpfe ich für uns beide. Das bin ich dir schuldig, für alles was ich getan habe … ich hoffe, du kannst mir irgendwann verzeihen."

Wieder vergingen Minuten, bis ich eine Veränderung aus Lukes Zelle hörte.

„Ich habe dir schon längst verziehen, Bruder. Ich weiß nicht, ob es für mich zu spät ist, aber nicht für Mila. Noch nicht … "

„Danke", war alles, was ich herausbrachte.

Ich konnte noch nicht einmal lange über die Worte von Luke nachdenken, als ich Gwen zu uns laufen sah.

„Ach Jungs, glaubt ihr, ich lasse euch die große Show verpassen? Ich bin doch keine Spielverderberin", klingelte ihre Stimme in meinen Ohren, als sie die Türen der Zellen öffnete und uns bedeutete mitzukommen, um Milas Hinrichtung nicht zu verpassen.

Kapitel 37: Mila

Vermutlich war es echte Seide, die sich sanft an meine Haut schmiegte. Weißer seidiger Stoff - das wäre Gwen wichtig gewesen. Sie war der Meinung, dass man niemals besser gekleidet wäre als mit einem seidigen wundervollen Kleid. Ihre theatralische Ader war nicht zu übertreffen.

Doch meine Aufmerksamkeit könnte nicht weniger auf dem Kleid liegen. Ich hatte große Mühe, meine Augen aufzuhalten. Der Blutverlust war enorm und das wusste Gwen. Sie hatte die perfekte Situation erschaffen, um mich zur Strecke zu bringen.

Beengt bewegte ich mich hin und her. Versuchte mir mit meinen Armen in dem Kleid ein bisschen Freiraum zu schaffen, um mich später verteidigen zu können. Ich stand vor einem großen Spiegel in einer der vielen hergerichteten Zimmer und betrachtete mich. Hinter mir befand sich Josh, so schien Gwens Handlanger zu heißen. Er passte darauf auf, dass ich mich nicht aus dem Staub machte. Er hatte sogar die Erlaubnis, mich bewusstlos zu „trinken", falls ich mich wehrte.

„Kommst du bitte mit. Oder muss ich dich zwingen?", entgegnete mir Josh bestimmend. Auf zittrigen Beinen folgte ich ihm in den großen Eingangsraum. Alles war wie leergefegt.

„Gwen hat sie alle weggeschickt und angeordnet, dass sie erst in ein paar Stunden wiederkommen. Sie möchte die Prozedur vollends allein genießen." Ich wusste nicht, warum Josh mir das erzählte, aber ein wenig Eifersucht schwang in seiner Stimme mit. Er mochte sie, da war ich mir sicher.

„Wenn Tyler oder Luke bei Gwen bleiben, braucht sie dich nicht mehr, dass ist dir klar, oder?"

So konnte ich wenigstens versuchen, einen Verbündeten zu bekommen. Oder zumindest jemanden, der nicht gegen uns vorging.

„Gwen würde mich niemals allein lassen. Sie liebt mich."

Josh tat mir schon ein wenig leid, auch wenn ich in meiner Situation eigentlich alle von Gwens Verbündeten hassen sollte. Mir lagen die Worte schon auf der Zunge, doch ich schluckte sie herunter. Ich wollte sagen, dass sie keine Emotionen besaß. Aber die anderen Vampire hatten mir oft genug das Gegenteil bewiesen, auch die, von denen ich es nicht erwartete hätte - wie Tyler.

Ich würde ihn in dem Glauben lassen. Meine Kräfte musste ich mir sparen, um so lange wie möglich gegen Gwen anzukämpfen.

Sie wartete in der Mitte des Raumes. Sie hatten ihn umgestaltet. Dort stand nun ein roter Vintage-Ohrensessel mit einem Beistelltisch. Darauf lagen verschiedene Messer. Meine Kehle schnürte sich zu und ich wusste, was mir bevorstand.

„Mila, setz dich doch", bat Gwen mich in einem ruhigen Ton. Kaum ging ich an ihr vorüber, um den Platz zu erreichen, sah ich sie: Tyler und Luke. Sie saßen nicht weit von meinem Sessel entfernt auf zwei Stühlen und starrten auf meinen Platz. Ihr Blick ging geradewegs durch mich hindurch. Gwen musste sie manipuliert haben.

Zögerlich setzte ich mich hin. Mein Atem ging so schnell, sodass meine Lunge zu platzen drohte. Es herrschte Chaos in meinem Kopf, ich versuchte Pläne zu schmieden, Szenarien zu durchdenken, doch nichts wollte aufgehen und in meinem Sinne gut enden. Ohne die Hilfe von Tyler oder Luke hätte ich nicht den Hauch einer Chance. Der Tansanit könnte mir helfen, ich wusste aber nicht, wie viel meiner Kraft dafür nötig war, um Gwen aufzuhalten. Vielleicht funktionierte es im entscheidenden Moment auch nicht, ich war schließlich noch keine Expertin auf dem Gebiet.

„Josh, geh zu den anderen, du kennst die Anweisung. Diesen Moment möchte ich allein genießen."

Mit einem Nicken verschwand Josh in Richtung Ausgang der Höhle.

Gwen drehte sich zu mir um und klatschte einmal in die Hände.

Mein Herz raste bis zum Hals.

Ich schaute Luke und Tyler noch einmal in die leeren Augen, bevor ich mich darauf konzentrierte, die letzten Sekunden herunterzuzählen, bevor ich um mein Leben kämpfen musste, um nicht elendig von Gwen zugrunde gerichtet zu werden.

Kapitel 38: Tyler

Meine Gedanken sagten mir, welche Bewegungen ich ausführen musste, um Mila augenblicklich hier wegzuschaffen. Doch es war mir nicht möglich, mich zu bewegen. Meine Hilflosigkeit war weniger das Problem als Milas. Sie würde Gwen gleich ausgeliefert sein und ich war mir nicht sicher, ob ihre Kräfte in diesem geschwächten Zustand ausreichend sein würden.

Nun wusste ich auch, warum Luke Mila zuvor nicht zu Hilfe kam: Er wurde ebenfalls manipuliert - und es zerstörte ihn. Wenn ich es kaum mit mir vereinbaren konnte, von einem Vampir manipuliert zu werden und Mila nicht zur Seite stehen zu können, wie sollte es der gütige Luke sein?

Erneut versuchte ich mich zu winden. Nichts geschah. Ich konnte Milas Verdammnis einfach nur zuschauen, nein - ich musste zuschauen. Wie Mila dort saß, in einem weißen wunderschönen Kleid. Unter anderen Umständen hätte ich sie gern so gesehen. Beispielsweise auf unserem ersten Date. Doch wer wusste schon, ob wir dazu jemals eine Chance bekommen würden.

Gwen schritt auf sie zu und musterte Mila abfällig. Sie war neidisch auf sie, das konnte man ihrem Blick entnehmen, wenn man sie besser kannte.

„Ohne den Tansanit wäre es natürlich einfacher, dich auszulöschen. Aber ich bin stark, weißt du? Ich habe monatelang Vampirblut getrunken, um stärker zu werden.

Und die Fähigkeit, Vampire zu manipulieren, war ein schöner Nebeneffekt. Doch genau die kam mir gelegen und ich wusste, dass ich Luke oder Tyler so an mich binden könnte. Bis du aufgetaucht bist. Jetzt muss ich nur noch dafür sorgen, dass du genauso schnell wieder verschwindest."

„Sie wollen nicht an deiner Seite sein, verstehst du das denn nicht?!", entgegnete ihr Mila mit eiserner Stimme. Sie war angeschlagen.

„Sie wissen es nur noch nicht, wie schön es ist, Zeit mit der eigenen Schwester zu verbringen", kicherte sie, während sie eines der scharfen silbernen Messer auswählte.

„Du bist krank, Gwen", zischte Mila aus lauter Verzweiflung. Sie hatte bereits ihre Fäuste geballt und war bereit, gegen Gwen zu agieren.

Sie stellte sich vor Mila und hatte ihre Finger überlegend ans Kinn gelegt.

„Mag sein, aber so macht das Leben umso mehr Spaß!", sagte sie lachend.

Im nächsten Moment raste das Messer in Vampirgeschwindigkeit auf Milas Brustkorb zu.

Danach ertönte ein Schrei, der mich bis ins Mark erschütterte und in meinen Gedanken nicht mehr aufhörte, nachzuhallen.

Ich konnte die Bewegung von Gwen nicht sehen, so schnell war sie bei mir, aber ich konnte sie spüren. Und wie ich sie spüren konnte. Die obere Seite meines Brustkorbs brannte wie Feuer. Als ich an mir herabschaute, sah ich einen langen Schnitt an meiner linken Schulter, die das Messer gestreift hatte. Das Blut rann ungehindert an mir herunter.

Gwen hatte sich einige Schritte entfernt und ohne Eile lief sie ein paar Schritte im Kreis, während sie mich beobachtete. Mittlerweile hatte ich mich von dem Sessel erhoben und stand mit wackelnden Beinen auf der Stelle, um durch den Schmerz nicht das Bewusstsein zu verlieren. Ich wollte mich verteidigen, aber ich hatte kaum die Kraft dazu.

„Du hast bestimmt nichts dagegen, wenn ich ein wenig von deinem Blut probiere", rief Gwen, derweil sie wieder in meine Richtung kam.

„Nein … " stöhnte ich. Meine Stimme war kaum zu hören, so trocken war mein Hals und so wenig Kraft steckte in meinen Stimmbändern.

„Was sagst du? Ich glaube, ich habe dich nicht verstanden", entgegnete sie mir. Sie stand direkt vor mir und ich konnte ihren Atem spüren, der meine Wange streifte.

„Sag mir, Mila Brennan, warum hast du dich für diese Welt entschieden? Du hattest nie eine Chance. Für dich war alles umsonst, nur für mich gibt es jetzt noch das

Vergnügen nach der Arbeit", raunte sie mir ins Ohr.

Nichts war umsonst. Das wusste ich in dem Moment, in dem ich Luke das erste Mal hinter seine Ballmaske geschaut hatte und Tylers Whiskey auf meinem Küchentisch fand. Egal, welche Gefühle ich bis dato durchleben musste oder welche Qualen. Sie waren es wert gewesen. Über Gwens Schulter schaute ich noch immer in die leeren Augen der beiden. Wenn ich mich gegen ein Leben mit ihnen entschieden hätte, dann würden meine Augen genauso leer sein. Sie waren alles für mich und dafür lohnte es sich zu kämpfen, egal wie weit ich meinen Körper über seine Grenzen bringen musste.

Doch die Qualen schienen nicht genug gewesen zu sein, denn in der nächsten Sekunde fühlte ich Gwens scharfe Reißzähne meine Halsschlagader durchstoßen.

Ein ohrenbetäubender Schrei war zu hören und ein grelles Licht nahm mir die Sehkraft. Und dann spürte ich nur noch ein belebendes Gefühl. Mein Körper war umgeben von prickelnder Wärme und ich stand unter Spannung.

Nachdem sich meine Atmung etwas abgeflacht hatte, beschloss ich, meine Augen zu öffnen. Für einen Moment setzte mein Herz aus. Es war zu schön und schrecklich zugleich.

Der ganze Raum war erfüllt durch kleine blaue Partikel. Tansanit.

Als ich auf meine Hände schaute, schimmerte meine Haut hellblau.

Er schützte mich bis zur letzten Sekunde.

Meine Gedanken machten allmählich Platz für die schlimmen Dinge, die in nächster Nähe auf mich warteten: Gwen.

Doch sie stand nicht mehr direkt vor mir. Ich hob meinen Blick und schaute überrascht einige Meter von mir entfernt auf den Boden. Gwen versuchte sich aufzurichten. Kleine blaue Splitter steckten in ihrer Haut und sie war schwer verwundet.

Aber auch Tyler und Luke wurden getroffen, selbst die Stühle, auf denen sie saßen, hatte es in Stücke gerissen.

Mein Herz machte einen kleinen Hüpfer, als ich Tylers Augen sah: Sie waren nicht mehr leer. Voller Sorge schaute er in meine Richtung, war aber gleichzeitig damit beschäftigt, sich um Luke zu kümmern, den die Stoßwelle heftiger getroffen hatte als ihn selbst.

Gwen hatte sich aufgerichtet und schaute mir in die Augen, bevor sie sprach: „Deine Kräfte sind stärker, als ich dachte. Aber noch einmal überraschten sie mich nicht. Ich habe noch genug Kraft, um dir eines der Messer in den Hals zu werfen, das schaffe ich auch von hier!" Ihre Stimme war brüchiger als zuvor, aber sie ließ sich nicht unterkriegen.

Ich fühlte mich stärker, aber wie lange würde mich der Tansanit stärken? Und trotzdem konnte ich gegen ihre Vampirkräfte kaum etwas ausrichten. Sie konnte mich innerhalb einer Sekunde aus weiterer Entfernung überlisten.

„Ich seh doch, wie viel Angst du hast. Gib auf, Brennan, damit ich dich endlich nicht mehr in der Nähe meiner

Brüder ertragen muss", zischte sie. Es vergingen keine drei Sekunden, in denen sie sich zwei Messer geschnappt hatte und an gleicher Stelle stand.

„Und genauso schnell, wie ich renne, steckt eines der Messer gleich in deinem Hals."

Sie ließ die Messer in ihren Händen umherschwingen, als wären sie angeborene Waffen. Jede gleitende Bewegung war schneller als die andere und das ohne sich selbst nur ein Haar zu krümmen.

Ich konnte die Anfangsbewegung von Gwen noch erahnen, was ich vorher niemals zu sehen bekam. Sie war durch meinen Angriff leicht geschwächt worden.

Sie machte einen Schritt vorwärts und begann einen Arm zu heben, um das Messer in meine Richtung zu schleudern. Eigentlich war ich voller Tatendrang, mich ihr mit der Kraft des Tansanits entgegenzustellen, aber in dieser Sekunde hatte ich einfach nur Angst - Angst mein Leben zu verlieren und zwar endgültig.

„Bleib stehen!", schrie ich, nachdem ich meine Augen zugekniffenen hatte, um dem Tod nicht ins Auge zu sehen.

Es vergingen mehrere Sekunden, in denen ich mich noch wahrnahm. Es konnte noch nicht zu spät sein.

Ich landete wieder im Hier und Jetzt als Gwen zu knurren begann. Was?

Als ich meine Augen öffnete, stand Gwen immer noch an Ort und Stelle mit erhobenem Arm.

„Verdammte scheiße, was hast du getan!?", schrie sie in meine Richtung. Was passierte hier gerade?

„Der Tansanit … du kannst sie manipulieren", rief Tyler zu mir herüber. „Ich habe davon gelesen, dass er bei richtiger Nutzung nicht nur die Gaben der Vampire stören kann, sondern sie auch gegen sie einsetzen kann. Ich dachte nur immer, das wären Gerüchte." Seine Worte gaben mir neue Hoffnung, auch wenn ich nicht wusste, wie ich damit umgehen sollte.

Doch dann kam mir eine Idee. Die Zeit musste ich nutzen.

Ich stürmte auf Tyler zu. Gwen war vorerst gelähmt und ich wollte die beiden in Sicherheit wiegen. Kurz bevor ich bei ihm ankam, wich Tyler einen Schritt zurück.

„Achtung, du bist gerade zu gefährlich für uns", kamen die Worte gerade aus ihm herausgesprudelt. „Schau selbst deine Augen an", entgegnete er mir ehrfürchtig. Und dann schaute ich in Tylers Augen, in denen sich meine spiegelten. Sie leuchteten blau. Es war nicht meine normale Augenfarbe. Sie sahen aus, als hätte jemand kleine blaue Glühbirnen dahinter gesetzt. Das Gestein hatte mich vollends geflutet, auch wenn ich spürte, wie die Wirkung nachließ.

„Wir müssen es zu Ende bringen", sagte Tyler und holte mich damit aus meinen Gedanken. Er schaute zu Gwen, die immer noch versuchte, sich aus ihrer Starre zu lösen.

„Ja, das müssen wir. Aber was ist mit Luke? Geht es ihm nicht gut? Erst will ich euch in Sicherheit haben." Sonst hätte alles keinen Sinn gehabt.

„Die Tansanit-Explosion hat zwar die leichten

Manipulationen gesprengt, aber nicht alle. Luke ist immer noch in seinen Qualen gefangen, das spüre ich. Aber ich weiß nicht, ob er wieder so wird wie vorher. Es hat seine Seele zu sehr angegriffen."

Die Worte schnellten aus Tylers Mund und als ich mit Luke in der Zelle festsaß, hatte ich genau mitbekommen, wie geschädigt seine Seele war. Wenn wir ihn so mitnehmen würden, würde er wahrscheinlich nie wieder der Alte werden.

Ich hatte einen Plan. Doch dafür musste ich etwas riskieren, ja, vielleicht sogar alles.

„Ich werde ihn manipulieren." Die Worte klangen falsch aus meinem Mund, aber es war der einzige Weg, Luke zu retten.

Tyler sah mich nur verwirrt an. Ich hatte Luke diese Worte, die ich nun sagen würde, schon oft entgegengebracht. Als Mensch konnte ich seine Seele aber kaum erreichen, vor allem nicht, wenn sie schon so geschädigt war. Er wollte noch nie auf mich hören.

„Ich werde es tun und dann können wir drei endlich wieder zurück." Ich legte alles an Hoffnung in meine Worte, sodass in Tylers Gesicht ein Lächeln zu sehen war.

„Geh bitte ein Stück beiseite. Ich weiß nicht, wie es sich auswirkt. Ich möchte dich nicht noch mehr verletzen."

Kaum waren meine Worte gesprochen, ging Tyler ungefähr zehn Meter von uns weg, damit er einen Sicherheitsabstand einhalten konnte.

Ich bückte mich zu Luke. Er saß auf dem Boden und hatte das Gesicht immer noch gequält in seine Hände gelegt.

„Luke, schau mich an", sagte ich ihm, aber er wehrte sich, seinen Blick auch nur zu heben.

„Ich will dir helfen."

Doch auch diese Worte brachten ihn nicht dazu, mich anzuschauen. Ich konzentrierte mich und entschuldigte mich innerlich schon einmal für die nächsten Sekunden, die ich gern vermieden hätte.

Mit meinen blau glühenden Händen packte ich Lukes Handgelenke und er schrie sofort auf.

Der Tansanit brannte sich in seine Haut und ich spürte, wie Luke sich ganz meinen Händen hingab, die seine Handgelenke von seinem Gesicht wegbewegten. Das Gesicht war schmerzerfüllt, aber ich sah, dass dies nicht nur von meinen zugefügten Verletzungen kam. Es war seine Seele, die ihn schmerzte.

„Hör zu, wenn es eine andere Lösung gäbe, als dich zu manipulieren, dann würde ich sie bevorzugen. Aber die gibt es nicht, der Schaden ist zu groß und jetzt bin ich egoistisch, aber ich will den alten Luke zurück und kein Wrack, dass sich nicht mehr im Spiegel anschauen kann, ohne vor Schuld zu sterben."

Und bevor Luke mir nur etwas entgegensetzen konnte, schaute ich ihm tief in die Augen und versuchte meine Worte weise zu wählen.

„Mit meinen Worten wird Gwens Manipulation gebrochen. Außerdem wirst du dich in Zukunft selbst akzeptieren … als Mensch der du warst, als Vampir der du bist und als derjenige, der du von nun an sein wirst", sprach ich und bemerkte, wie die Kraft, die diese Manipulation mich kostete, aus mir schwand. Mit jedem Wort fühlte ich mich schwächer, aber spürte gleichzeitig die Erleichterung, als ich den Glanz in Lukes Augen wiedersehen konnte. Vielleicht glänzten sie sogar mehr als je zuvor.

Das Allein war es wert gewesen und ich wusste, ich hatte das Richtige getan.

Doch die Freude währte nicht lange, denn in der nächsten Sekunde spürte ich ein Messer durch meinen Rücken stechen, das mein Herz von hinten durchbohrte.

„Game Over", hörte ich Gwens Stimme, bevor ich zu Boden sank und mein Herz nach drei weiteren Schlägen endgültig aufhörte zu schlagen.

Kapitel 40: Mila

Etwas Weiches berührte meine Lippen. Es war die erste Berührung, die ich nach einem langen Nichts wahrnahm. War das der Himmel oder fühlte sich sterben immer so gut an?

Als ich meine Augen öffnete, schaute ich Tyler an, der mit seinem Gesicht über meinem schwebte.

„Mila." Seine Stimme war rau und so voller Sorge, dass mein Herz sich ein wenig beschleunigte. Sie war wie eine wundervolle Melodie in meinen Ohren.

„Wo ist Gwen?!", rief ich und schreckte so schnell aus liegender Position ins Sitzen, dass ich mich selbst verwundert umschaute. Wir waren in Tylers und Lukes Motelzimmer.

„Ich habe es geschafft." Tyler holte Luft, um seine Geschichte weiter auszuführen. „Sie hat dir das Messer durch den Rücken gestochen … mitten ins Herz. In dieser Sekunde brannte bei mir eine Sicherung durch, so würde ich es am besten beschreiben. Ich stürmte auf sie zu, habe das Messer aus deinem Rücken gezogen und es ihr direkt in die Brust gestochen. Sie war überrumpelt, da sie zuvor so sehr auf dein Blut fixiert war."

Tyler schüttelte den Kopf über seine Worte und starrte ins Leere.

„Aber das Messer kann sie doch nicht umbringen?"

„Es war auch nur ein Versuch von mir, ich dachte nicht, dass es gelingt. Der Tansanit war in dir verankert und wo sollte er stärker sein als in deinem Herzen. Vielleicht war dein Blut in den Adern nicht so arg davon betroffen, aber ich vermutete, das Blut in deinem Herzen schon. Es klebte so viel Blut am Messer, welches aus deinem Herzen stammt, dass ich gehofft hatte, dass es ausreicht - und verdammt, es hat gereicht. Für sie ist es zu Ende und für Luke und mich ist es ebenfalls gut ausgegangen. Aber für dich ..."

Ich wusste, dass er früher oder später damit beginnen würde. Ich nahm sein Gesicht in meine Hände und schaute ihm tief in die Augen. Sie waren noch nie blauer. Als würde ich sie zum ersten Mal in meinem Leben betrachten. Meine Finger streichelten seine Wange und ich fühlte bei dieser Berührung mehr, als ich mir in meinem ganzen Leben erhofft hatte.

„Ich finde, für mich ist es am besten ausgegangen."

„Mila, hör auf mit dem Gerede. Ich weiß nicht, ob ich mir das jemals verzeihen werde, dir diese Entscheidung ..."

Ich legte mein Finger auf seine weichen Lippen.

„Tyler?"

„Ja?"

„Für immer, weißt du noch? Ich habe mich vorher entschieden und ich weiß, dass es nicht einfach wird, mich daran zu gewöhnen, ein Vampir zu sein, aber ich werde es schaffen. Ich denke, ich kann immer noch selbst entscheiden, ob es eine Strafe ist, dich für immer an meiner Seite zu haben, oder?"

Tyler brummte nur.

Mein Mund legte sich fast wie von alleine auf seine Lippen und sein Brummen ging in ein sanftes Stöhnen über. In mir explodierten die Emotionen und ich wusste, es würde seine Zeit dauern, bis ich Heer darüber werde.

„Ich liebe dich, Mila Brennan", sagte Tyler atemlos zwischen meinen Lippen.

„Ich liebe dich auch", erwiderte ich und ich wollte niemals damit aufhören, diesem Mann zu küssen.

„Warum haben wir nochmal keine getrennten Zimmer gebucht?", hörte ich Lukes Stimme an der Zimmertür. Die Geräusche waren nun für mich so einfach auszumachen, ich wusste, wo er sich befand, auch ohne zu ihm zu schauen.

Mein Herz, welches sowieso schon raste, machte erneut einen Hüpfer.

„Luke!", rief ich, während ich mit meiner Vampirgeschwindigkeit auf ihn zuraste und dabei fast umwarf.

„Oh, es tut mir leid", kicherte ich.

Wir umarmten uns innig. Es fühlte sich gut an, in seinen Armen zu liegen. Als ich mich von ihm löste, sah ich auch auf seinem Gesicht ein Lächeln, das ich so lange nicht gesehen hatte - In diesem Ausmaß vielleicht sogar noch nie.

„Du bist jetzt eine von uns, herzlichen Glückwunsch", witzelte er.

Dann kam mir für eine Sekunde ein Bedenken in den Sinn.

„Bist du gar nicht verärgert darüber?", fragte ich ihn

vorsichtig.

Luke schaute kurz zu Boden, doch dann sah er mich an und die Zufriedenheit spiegelte sich in seinen Augen wider.

„Nein, ich bin nicht verärgert. Nicht mehr. Ich kann mir nichts Schöneres vorstellen, als dich bei uns zu haben. Und als ich sah, wie Gwen dir ein Messer in den Rücken rammte, war meine schlimmste Angst, dich zu verlieren. Nichts wäre schlimmer gewesen, auch nicht die Verwandlung in einen Vampir. Ich befand mich in einer Schockstarre, bis Tyler mir erzählte, dass du wieder aufwachen würdest." Er machte eine Pause und atmete durch. Ich schaute zu Tyler und wir grinsten beide. Es war sein Blut, das mich gerettet hatte. Unser Kuss an der Zelle, bevor der Kampf begann. Nur ein kleiner Biss von ihm in seine eigene Lippe hatte gereicht, um mich heimlich an dieses Leben zu binden. Meine Wangen glühten, als ich mich wieder Luke zuwandte.

„Deine Manipulation hat geholfen und ich bin dabei, mich voll und ganz als Vampir zu akzeptieren und andere natürlich auch", dabei lächelte er so ehrlich und schaute mich eindringlich an, sodass mir warm ums Herz wurde. „Das wird natürlich noch eine Zeit lang dauern und ich werde auch noch ein wenig Hilfe gebrauchen, aber ihr beide steht mir ja hoffentlich zur Seite."

„Nichts lieber als das", hörte ich Tyler vom Bett des Motelzimmers aus sagen und freute mich umso mehr, dass nichts von alldem, was in den letzten Monaten geschehen ist, umsonst war.

„Mila, ich will ja nicht drängen, aber du solltest Blut zu dir nehmen. Für die Verwandlung hatten wir dir Blut gegeben. Aber für deine erste Mahlzeit solltest du selbst sorgen, damit wir danach deine Familie und Jenna aufsuchen können. Sie machen sich sorgen", sagte Tyler und schaute dabei auf sein Handy.

„In Ordnung, gehen wir es an", sagte ich motiviert zu beiden und ging auf den Minibarkühlschrank zu.

Es dauerte genau eine Stunde, bis wir zu meiner Familie aufbrechen konnten, denn der Blutrausch hatte mich gepackt und mein Verlangen hatte mich bis eben in der Hand gehabt. Glücklicherweise hatte ich da schon zwei erfahrenere Vampire bei mir, die mir mit Rat und vor allem Tat (Sie hatten mich zu zweit ans Bett gedrückt, damit ich nicht über die Mitarbeiter des Motels herfiel) zur Seite standen. Außerdem hatte ich sie noch gebeten mir ausführlicher zu berichten, wie meine Verwandlung von statten gegangen war. Ich wollte jedes Detail erfahren.

Auf dem Weg zum Haus meiner Eltern konnte ich nur staunen. Meine Augen waren nun so viel stärker und ich nahm alles anders wahr. Als ich damals sagte, dass ich irgendwann Irland erkunden wollte, hätte ich niemals geahnt, dass ich es irgendwann auf diese Weise sehen würde. Es war die Sichtweise eines Vampirs und ich war mir sicher, dass ich nie etwas Schöneres gesehen hatte, als die klaffenden Klippen über dem Ozean oder das grüne Gras, welches mit Moos bedeckt war.

Ja, vielleicht musste ich erst tief fallen, um dann mit einem heftigen Schlag auf der Wasseroberfläche aufzuprallen. Doch wenn sich das Leben um 180 Grad dreht, ist es nicht immer zum Nachteil. Es mag einem Angst bereiten oder vor neue Herausforderungen stellen, aber am Ende taucht man wieder auf und schwimmt. Man schwimmt, weil man dafür geschaffen ist, das größte Unheil zu überstehen. Nur um dann ein Licht am Horizont zu sehen, anstatt den dunklen Meeresgrund.

Mein Licht war Tyler, ohne den ich mir mein unendliches Leben nicht vorstellen wollte. Auch Luke, den ich für immer in mein Herz geschlossen habe und natürlich meine Familie und Jenna, solange ich sie noch bei mir hatte.

Als wir vor dem Haus meiner Eltern ankamen, hatte Jenna bereits die Türen geöffnet und rannte auf uns zu. Tyler hatte mit ihr telefoniert, während ich noch die Verwandlung durchmachte.

Sie landete mit Schwung in meinen Armen, sie schreckte noch nicht einmal zurück, obwohl sie wusste, dass ich nun ein Vampir war.

„Oh Gott, es geht dir gut", flüsterte sie, da meine Eltern auch bereits das Haus verließen und auf uns zukamen.

„Mir geht es gut und dir auch. Wir haben es geschafft."

Sie löste sich aus der Umarmung und wischte schnell die Träne weg, die sich auf ihre Wange geschlichen hatte.

Meine Eltern riefen mich und ich schlenderte, so langsam es mir auch vorkam, auf sie zu und nahm sie in den Arm. Nie hätte ich mich mehr auf eine Umarmung von ihnen gefreut, als heute.

„War euer Ausflug schön?" Meine Mutter hatte ja keine Ahnung, wie schrecklich dieser „Ausflug" eigentlich gewesen ist.

„Es war wundervoll", tönten Tyler und ich aus einem Mund und wir begannen zu lachen.

Meine Eltern kicherten auf unsere Reaktion, da sie vermutlich an ein frisch verliebtes Pärchen dachten, die sich im Hotelbett die Federn um die Ohren geschlagen hatten.

Doch es war so viel mehr und bei diesem Gedanken schwoll mein Herz an, sodass ich an nichts mehr anderes denken wollte.

Meine Eltern hatten Frühstück für unsere Ankunft vorbereitet, als Jenna ihnen unser Kommen angekündigt hatte und baten uns herein. Als sie die Eingangstür bereits hinter sich gelassen hatten, folgte ich Jennas Bewegungen, die auf Luke zusteuerte.

Sie schloss ihn in den Arm und rührte sich kaum von der Stelle.

„Du hast dein Leben für mich gegeben, ich bin dir unendlich dankbar, ich hoffe du weißt das."

Luke erwiderte die Umarmung mit solch einer Liebe, dass sich meine Stimmung nur noch mehr hob.

Und nicht nur bei uns war es mehr. Sie würde ihm guttun, egal in welcher Beziehung, denn sie begann auch zu akzeptieren, dass die Welt nicht so war, wie sie vorerst zu sein schien.

Ich nahm Tylers Hand und zog ihn mit mir Richtung

Tür. Seine Hand fühlte sich wundervoll an und ich war mehr als glücklich darüber, dass dieses Gefühl nun für immer in mir existieren durfte.

ENDE Teil 2

Danksagung

Nicht lange, nachdem ich den ersten Teil meiner Dilogie geschrieben hatte, konnte ich das Wort Ende unter den zweiten Teil setzen.

Und natürlich möchte ich auch diesmal wieder gewissen Menschen danken, die mich auf dem Weg dorthin begleitet und diesen eindeutig bereichert haben.

Als erstes danke ich meiner besten Freundin und immer noch treueste Testleserin Annalena. Vielen Dank für deine Begeisterung, dein Wille die Geschichte immer wieder durchzulesen und deine einzigartigen Kommentare.

Vielen Dank an meinen Mann, der fast alle Zweifel, die ich im Bezug auf das Schreiben habe, zerstreut und mir immer gut zuspricht. Ich liebe dich über alles!

Danke auch wieder an Dennis für das tolle Cover und natürlich vielen Dank an Natalie für das Lektorat und Korrektorat.

Am Ende möchte ich auch wieder euch danken, liebe Lesende. Ohne euch wäre das Schreiben nur halb so schön, auch wenn es puren Nervenkitzel bedeutet, wenn man auf Rückmeldung zu der eigenen Geschichte wartet. Ich freue mich über jeden von euch, der die Dilogie bis hierhin gelesen hat. Über Rezensionen würde ich mich wie immer freuen und wenn euch etwas auf dem Herzen liegt oder ihr mit mir über die Geschichte sprechen wollt, schreibt mir gerne.

Bis dahin sende ich euch wieder ganz viel Liebe!

PS: es wird hoffentlich nicht mehr allzu lange dauern, bis ihr wieder mit neuem Lesestoff von mir versorgt werdet!

Eure Mona Parker

Ihr findet mich auf Instagram unter folgendem Namen. Ich freue mich auf eure Nachrichten!

mona.parker.autorin